AF238758

Alexandra Rivault

COLLISIONS

REMANENCE

© Rémanence, 2019

Collection Le Labo

Couverture et mise en pages : www.mapicha.fr

ISBN 979-10-93552-84-2

1

Dans la belle maison des Archaud, Rose-Marie venait de se lever. Elle s'affairait en cuisine. Le café coulait pendant qu'elle débarrassait le dîner de la veille. D'ordinaire, la table était rangée et propre, la vaisselle mise en machine dès la dernière bouchée avalée, mais la veille au soir, Pierre, son mari, l'avait appelée pour la prévenir qu'il prévoyait de rentrer tard dans la nuit. Rose-Marie, habituée à ce genre de contretemps, lui avait quand même préparé son repas. L'assiette et le verre de vin avaient été vidés de leur contenu et avaient été laissés au milieu de la table parsemée de miettes de pain et de quelques taches de sauce séchée. Pierre n'était pas du genre à s'embarrasser de ces petits détails. Il avait bien assez à faire au travail. Rose-Marie s'en chargerait. C'est effectivement ce qu'elle faisait en attendant que coule le café. Elle savait qu'elle s'exposerait à des commentaires si son mari était contraint de prendre son petit déjeuner sur une table sale. Leur vie de couple se résumait ainsi : l'un comme l'autre s'adonnait à des tâches quotidiennes répétitives, sans goût ni saveur, histoire de ne pas entraver la routine et de maintenir un semblant d'équilibre familial standardisé. C'étaient de bonnes personnes, les Archaud : monsieur travaillait dur pour faire vivre sa famille et madame était une parfaite femme au foyer, dévouée corps et âme à son mari et à ses enfants. Une famille idéale, sans histoire, dans une jolie petite banlieue paisible de la région parisienne.

L'image ainsi renvoyée au voisinage leur avait permis d'attirer la sympathie et la bienveillance, de celles que l'on trouve encore parfois dans certains quartiers résidentiels. Les Archaud vivaient ici depuis bientôt vingt-trois ans. Florence, leur fille aînée, avait à peine deux ans quand ils avaient emménagé, et Rose-Marie était enceinte de leur deuxième fille, Manon. C'était la maison parfaite pour ce jeune couple plein d'avenir. Un investissement pour la vie. Un petit quartier pavillonnaire, calme, à quelques stations RER de Paris. Un jardin, certes petit, mais très bien entretenu par la maîtresse des lieux ; quelques rosiers par ici, un beau pied de lilas qui se déversait le long du muret marquant la séparation de la terrasse avec la pelouse, un jasmin embaumant l'air à l'approche de l'été. Quelques buis et arbustes colorés venaient compléter le tableau. À l'époque, Pierre était encore ingénieur et Rose-Marie avait arrêté ses études après la naissance de Florence. Ils avaient signé pour vingt ans de crédit sans même hésiter et s'étaient promis de sabrer le champagne dès qu'ils seraient arrivés au terme de leurs créances. Bien entendu, vingt ans plus tard, la promesse s'était perdue dans les tracas du quotidien. Sans compter que Pierre, devenu entre-temps ingénieur en chef, puis responsable projets, et enfin responsable du bureau d'études et développement de sa boîte, avait dû s'absenter durant plusieurs mois pour une mission en détachement aux États-Unis. Impossible d'emmener sa petite famille : les enfants avaient tous commencé leurs études et leur faire rater huit mois de cours, c'était mettre en péril leur avenir, ce qui était totalement inconcevable pour Rose-Marie comme pour Pierre. Florence venait en effet d'entrer en deuxième année de médecine, après avoir passé le concours de première année à deux reprises, et Manon entamait sa première année aux Beaux-Arts. Quant à Maxime, «le petit génie de la famille», il préparait déjà son bac à seize ans et il avait été accepté en classe prépa. Les parents s'étaient mis d'accord pour que Pierre parte seul durant ces quelques mois. Rose-Marie, elle, restait à la maison afin de faire ce qu'elle savait faire le mieux – à savoir prendre soin et s'occuper du confort et du bien-être de ses enfants. Pierre avait réussi à négocier deux allers-retours par mois tous frais payés. Mais dans les faits, il n'était rentré que trois fois chez lui au cours de ces huit mois : une première fois à Noël, une deuxième pour les vingt-trois ans de Florence et la dernière pour soutenir son fils lors de ses examens du bac – obtenu d'ailleurs avec la mention « très bien ». Rose-Marie n'avait pas oublié la promesse de fêter la fin de leur crédit, mais c'est seule qu'elle l'avait célébrée, seule avec une bonne bouteille de Chardonnay, devant son film préféré, *Casablanca*, après avoir pris un merveilleux bain parfumé et un petit plateau-repas frugal. C'était trois ans plus tôt. Depuis, Rose-Marie ne se rappelait pas avoir eu de meilleur moment que ce soir-là. Pierre était rentré en août. Il avait emmené toute sa famille en vacances aux Seychelles pendant deux semaines avant de leur annoncer sa nouvelle promotion. Puis il avait repris le chemin du travail de huit heures à vingt heures, parfois vingt-deux heures, laissant sa femme seule à ses occupations, seule avec ses pensées, ses espoirs, ses rêves déchus.

Les filles avaient depuis peu quitté la maison avec l'aide de papa, qui leur avait offert à chacune un petit studio proche de leurs facs respectives. Il attendait que Maxime ait validé sa première année dans son école d'ingénieur avant de lui faire le même cadeau. Mais Max, à dix-neuf ans, était plus souvent dehors qu'à la maison, il découchait même très régulièrement, laissant le couple de « presque quinquas » seul face à lui-même et à ses soirées vides de conversation.

Il était sept heures dix quand Pierre, les yeux cernés, arriva dans la cuisine. Il s'installa à sa place devant son café encore fumant. Le regard dans le vide, il n'eut pas un mot ni un regard pour sa femme. Il attrapa la télécommande, alluma la belle télé écran plat qui trônait au milieu du salon et zappa sur BFM pour voir les titres. Rose-Marie s'éclipsa vers la salle de bains. En passant devant le miroir, elle s'arrêta un instant afin de vérifier les ravages du temps sur son visage. Vingt ans plus tôt, elle était une belle jeune femme, élancée, au visage doux, toujours souriante. Aujourd'hui, elle avait beaucoup de mal à se reconnaître : ses traits s'étaient endurcis, marqués par de nombreuses ridules, quelques cheveux blancs étaient apparus dans sa jolie chevelure auburn, sa silhouette s'était alourdie après trois accouchements et de nombreuses années de laxisme culinaire. Ses paupières, légèrement affaissées, lui donnaient un air de chien battu. Plus rien ne lui renvoyait l'image de la femme sûre d'elle et séduisante qu'elle rêvait de devenir un jour, la privant du regard des hommes comme de l'attention de son époux.

Quand elle sortit de la pièce, trente minutes et une douche plus tard, Pierre était déjà parti. Le silence et l'immobilité étaient revenus hanter la petite maison de Bourg-la-Reine. Après une inspiration profonde, Rose-Marie se mit au travail et reprit ses monotones tâches quotidiennes de femme au foyer : lessive, repassage, aspirateur, poussière, balai, chiffons et éponges dansaient dans ses mains comme des petits rats de l'opéra de Paris. Pour rythmer ce ballet, elle mit un fond de musique. Les minutes, les heures passaient, interminables dans cette active solitude. Quand enfin, la ménagère posa son dernier chiffon, elle leva les yeux vers la pendule : onze heures cinq. La journée serait longue, une fois de plus.

*

De bonnes odeurs de cuisine réveillèrent Aziz ce matin-là. Ce midi, devrait-on plutôt dire. Il jeta un œil furtif sur son smartphone dernière génération : midi quarante-deux. Un regard rapide autour de lui le sortit de ses rêves pour un retour sans concession dans sa misérable existence. Sa chambre, au papier peint jaunissant, déchiré par endroits, dont le sol en vieille moquette râpée était jonché de restes de pizzas, de sachets vides et graisseux provenant du MacDo du coin, ne devait pas faire plus de neuf mètres carrés. Et dire qu'il y avait encore quelques mois, il devait la partager avec Bilal, son petit frère de treize ans !

Aziz avait toujours vécu dans ce quartier, dans ce HLM, dans ce petit appartement de quatre pièces, au neuvième étage de la tour des Amandiers. Ses grands-parents, des immigrés algériens, étaient venus s'installer en France dans les années cinquante, à l'époque où l'Algérie était encore française et que la métropole avait besoin de main-d'œuvre pour reconstruire le pays après la Seconde Guerre mondiale. Son père, Ali, était né et avait vécu toute sa vie dans la banlieue parisienne ; c'est là qu'on lui avait présenté sa future femme, Fatima ; elle n'était pas particulièrement belle, mais sa douceur et son courage étaient reconnus de tous. Celle-ci avait rencontré son mari le jour de leurs noces, mais malgré cela, elle était ravie de quitter un pays qui se perdait, tiraillé entre la nouvelle autonomie démocratique acquise par le sang et la religion, qui avait trouvé un terrain à conquérir. Ali était travailleur, honnête et respectueux. Il avait été élevé dans la reconnaissance et le respect de l'État français. Comme son père à l'époque, il était employé sur les chantiers. Par tous les temps, quelles que soient les circonstances, il avait toujours été fidèle au poste, jusqu'à ce que la maladie le rattrape. Ali était parti en trois mois d'un cancer des poumons à l'âge de cinquante et un ans, laissant derrière lui sa femme et cinq enfants. Aziz avait treize ans quand il avait été confronté à cette dure réalité : *aide-toi toi-même car personne ne t'aidera*. C'est à cette époque que son grand frère, Mehdi, chargé soudainement, à dix-sept ans à peine, d'un fardeau trop lourd pour lui, s'était mis à avoir de mauvaises fréquentations et avait commencé à côtoyer les délinquants du quartier. Tremper dans les mauvais coups lui faisait prendre des risques, mais lui permettait aussi de faire vivre sa famille et de la rendre intouchable vis-à-vis des petits caïds du quartier. Cela avait fonctionné ainsi pendant un peu plus de deux ans, mais voilà qu'un jour, un coup mal préparé, des complices pas très malins à la gâchette sensible, et Mehdi s'était retrouvé mis en examen et condamné à douze ans incompressibles. Son refus de balancer ses complices lui avait valu de trinquer pour tout le monde. Ce « sacrifice » avait vite été reconnu dans le quartier et la famille Benzami avait pu continuer à vivre paisiblement, protégée par une force invisible et le soutien financier des amis épargnés. Ce que Fatima avait toujours pris pour de la générosité provenant de bonnes gens du quartier n'était rien d'autre qu'une dette morale que ceux-ci honoraient. Aziz, lui, du haut de ses vingt-trois ans, n'était pas dupe. D'autant plus qu'il se retrouvait maintenant lui-même responsable de sa famille. Il avait donc suivi, à peu de chose près, le même chemin que son aîné, mais en veillant à prendre une route moins exposée. De petits trafics en cambriolages, recels, transports de marchandises... L'emploi du temps de ce jeune beur était bien chargé et son pécule de banlieusard percevant les minima sociaux plutôt bien garni.

Ses deux sœurs, quant à elles, se débrouillaient tant bien que mal : Yasmina, vingt-cinq ans, s'était mariée très jeune avec le fils d'un des voisins, agent de sécurité à la supérette du coin ; mariage entièrement financé par Mehdi. Depuis lors, elle vivait dans un petit appartement voisin des Amandiers et faisait quelques ménages au black dans les beaux quartiers pour arrondir les fins de mois. Leïla, vingt ans, logeait pendant la semaine dans sa résidence universitaire et ne rentrait chez elle que le week-end. Cela lui permettait d'avoir un peu d'indépendance et de s'éloigner de ce monde dans lequel elle ne se reconnaissait pas. Elle venait d'entrer en deuxième année de BTS Commerce international. Son rêve : décrocher un poste dans une agence de voyages et en profiter pour partir découvrir le monde.

Enfin, il y avait Bilal, le petit dernier de la famille. À treize ans, il n'avait pas connu son père, disparu alors qu'il venait tout juste de souffler sa troisième bougie. Pour seul souvenir, il avait reçu ce grain de beauté déposé comme par erreur sur sa tempe droite. Une marque indélébile rappelant à Fatima l'image de son mari et que le ciel avait offerte à l'enfant pour qu'il se souvienne d'où il venait. Toujours chouchouté par sa mère et ses grandes sœurs, protégé par ses frères, le gamin, un peu timide, était un collégien brillant promis à un bel avenir. Le regard vif et intelligent, il restait souvent en retrait. Il craignait les regards en coin des autres gosses du quartier, et parfois les remarques de certains professeurs qui avaient connu ses frères ou ses sœurs avant lui. Il ne leur répondait pas et s'abstenait d'en parler à la maison de peur de déclencher la colère d'Aziz ou le chagrin de sa mère. Alors, le soir, il s'enfermait dans la chambre et travaillait ses cours.

Aziz était un jeune homme au physique très contemporain : longiligne, le teint basané et la tête rasée laissant entrevoir une vieille cicatrice sur le crâne – souvenir d'une chute de vélo à l'âge de sept ans. Il se gardait bien d'en donner l'origine à ses « amis », histoire de laisser planer le doute et de faire travailler leur imagination. Pas d'attache sentimentale, que de brèves aventures toutes issues du milieu de la nuit. Des petites bourgeoises de vingt ans qui venaient régulièrement s'encanailler en se mêlant au petit peuple de banlieue. Chacun y trouvait son compte : Aziz avait régulièrement une partenaire et la demoiselle repartait avec des histoires de voyous à raconter à ses copines. Quoiqu'en ce moment, les conquêtes se fassent plus rares. La faute sûrement des attentats, qui devaient décourager les plus téméraires.

Aziz se leva enfin et se dirigea directement vers la cuisine, où sa mère avait préparé un bon tagine dont le parfum des épices embaumait tout l'appartement et même certainement tout l'étage, songea-t-il en sortant une assiette et des couverts.

— Aziz ! Tu peux attendre que ton frère rentre avant de te servir ! protesta Fatima en souriant.

— Oui, m'man, je vais juste goûter pour voir s'il ne manque pas quelque chose.

— Tu me prends pour la dernière goutte d'eau ?

— Non, m'man! Et, au passage, on dit «tu me crois tombé de la dernière pluie», répondit Aziz en enfournant une énorme bouchée de pain imbibée de sauce.

— Oui, tu as très bien compris ce que je voulais dire.

À cet instant, la porte du petit appartement s'ouvrit et Bilal fit son entrée.

— Bonjour, maman. Aziz, t'es déjà debout?

— Hé! Salut, p'tit frère! Alors, ç'a été, ce matin, les cours?

— Ouais, comme d'hab.

— Assieds-toi, Bilal, je te sers. Faut que tu manges, tu es tellement maigre! Tu as la peau sur les muscles.

— La peau sur les os, m'man, reprit Bilal.

— Alors, t'as cours cet après-midi? questionna Aziz

— Ouais, trois heures de français.

— Cool… bon, allez, merci, m'man, pour le repas. Faut que je parte, j'ai un rendez-vous dans une demi-heure. Frérot, bosse bien et à ce soir!

Aziz sauta dans la douche, enfila un jean et un polo Lacoste fraîchement repassés et sortit de l'appartement.

✳

Il était environ sept heures trente quand Nick émergea doucement d'un sommeil sans rêves. Sa conquête de la veille était encore dans son lit, visiblement endormie. Une blonde décolorée, plutôt bien faite. Pas très futée, mais après tout, ce n'était pas ce qu'il attendait de ces rencontres furtives. Il se leva et se dirigea vers la salle d'eau de la chambre d'hôtel. Au passage, il enfila un caleçon ; par pudeur ou par coquetterie, il n'était pas en mesure de le dire.

Nick approchait de la quarantaine. Plutôt propre sur lui, il s'entretenait par une hygiène alimentaire correcte et un peu de sport. Il ne fumait pas, ne buvait qu'à de rares occasions un whisky, *on the rock* de préférence. Ce mode de vie pourrait le mener à cent ans si on faisait abstraction de sa profession plutôt singulière : Nick était un tueur à gages, un refroidisseur, un nettoyeur, enfin bref, appelez ça comme vous le voudrez, c'était son *job*, plutôt lucratif, d'ailleurs. C'est également ce qui façonnait son mode de vie : pas d'attaches, pas de biens, pas d'amis, que des «relations professionnelles». Nick vivait à l'hôtel, ce qui lui permettait de changer d'adresse régulièrement, en fonction des contrats. C'était un solitaire qui ne crachait pas sur un petit en-cas de temps en temps, comme le démontrait la jolie blonde.

À l'origine, Nick n'était pas prédestiné à cette vie hors du commun. Il était né à Platteville, dans le Wisconsin, au sein d'une famille ordinaire, un père employé de banque, une mère fleuriste. Fils unique, il avait suivi sa scolarité sur place, en élève moyen mais sans problème, sans réelle ambition, avant de partir à l'université de Madison. C'est là qu'il avait fait la connaissance de Sarah, une jeune Française venue étudier un an aux États-Unis grâce au programme Erasmus. Ce fut le coup de foudre, son premier vrai Amour. Lorsque Sarah avait dû rentrer en France, Nick n'avait pas supporté la séparation. Il avait brutalement décidé de tout quitter pour s'installer sur le vieux continent et retrouver son amour perdu, au grand désespoir de ses parents. Malheureusement, quand il avait repris contact avec elle, une fois arrivé à Marseille, sa belle s'était confondue en excuses et lui avait expliqué qu'ils ne pouvaient plus se revoir car elle avait quelqu'un d'autre dans sa vie. Ça avait été un choc terrible pour le jeune homme, qui avait tiré un trait sur son passé pour celle qu'il aimait. Avec ses maigres économies, il s'était installé dans un hôtel bon marché afin de faire le point. Au cours de cette période, il avait régulièrement passé des appels à ses parents pour les rassurer et leur raconter ce qu'ils voulaient entendre, mais certainement pas la vérité. Il avait songé mille fois à se suicider, mais avait fini par se résoudre à relever la tête. Au bout de quelques semaines, son pécule ayant fondu, il lui avait fallu trouver un boulot ; mais avec un simple visa touristique et en ne parlant quasiment pas le français, ce n'était pas gagné. Ses parents lui avaient envoyé à trois ou quatre reprises des mandats *cash* pour tenir le coup, avant que son père ne lui intimât l'ordre de rentrer à la maison. Une dispute s'était ensuivie. C'est à ce moment-là qu'il avait définitivement coupé les ponts avec eux. Il s'était alors fait des relations dans le milieu. Sa discrétion et son mutisme étaient appréciés. De fil en aiguille, on lui avait confié des missions simples : filatures, surveillances, quelques passages à tabac. Jusqu'au jour où Mario lui avait proposé son premier vrai contrat. Il avait vingt-sept ans, rien à perdre, et son sens moral s'était évaporé avec le temps. Il l'avait accepté. Il avait descendu un type lambda un jeudi matin et ramassé le pactole le soir même. Étonnamment, cela ne l'avait pas perturbé outre mesure, mais depuis lors, il dormait d'un sommeil sans rêves. Les contrats s'étaient enchaînés et sa vie s'était organisée en conséquence. Il changeait de région régulièrement, avait un seul intermédiaire, qui travaillait un peu à la façon d'un agent et qui était chargé de lui trouver des missions, de discuter des tarifs avec ses clients, et, au passage, de ramasser une part de la rétribution. Cela fonctionnait plutôt bien comme ça.

Nick sortit de la salle d'eau et alluma la télévision. Le bruit réveilla la jolie blonde.

— Allez, ma belle, il est l'heure de se lever! fit l'homme, les yeux rivés sur l'écran.

— Il est quelle heure?

— Je viens de le dire : l'heure de se réveiller.

— OK, j'ai compris. T'as prévu quelque chose pour le petit déjeuner?

Nick se retourna vers la fille et la fixa du regard. Il se leva, prit son portefeuille rangé dans la poche arrière de son pantalon, posé négligemment sur une chaise, en sortit un billet de vingt euros et le lui tendit.

— Tiens, tu prends ça et tu descends à la brasserie en bas de la rue.

— Ah, je vois. Ce n'est pas la galanterie qui te perdra, toi! rétorqua la fille en attrapant son chemisier jeté précipitamment au sol la veille au soir. De toute façon, faut que je parte, je dois aller bosser. J'ai le droit à une petite douche, quand même?

— Vas-y, mais fait vite, je dois partir dans dix minutes, répondit Nick en zappant sur les chaînes d'info.

La jeune fille se leva lascivement du lit, ne portant rien d'autre qu'une petite culotte en dentelles, et glissa doucement en direction de la salle d'eau. Elle en profita pour scruter attentivement le corps de son Apollon d'une nuit, qu'elle n'avait pas pris le temps de reluquer jusque-là. Un corps bien dessiné, légèrement halé, de jolies boucles blondes glissant sur ses larges épaules, un regard sombre. Tout à fait son genre. Elle le frôla en faisant mine de vouloir passer, espérant sans doute déclencher chez lui quelque pulsion encore inassouvie, mais devant le manque de réaction du bellâtre, elle poursuivit son chemin, vexée par cette indifférence à laquelle elle était peu habituée. Nick attendit qu'elle commence à faire couler l'eau pour passer un coup de fil à Ben. Son dernier contrat remontait à plus de deux mois et les caisses étaient presque vides, désormais. Il était temps de les renflouer. Il tomba sur le répondeur : *« Bonjour, vous êtes bien sur la messagerie de Ben, si c'est pour me réclamer de l'argent, inutile de laisser un message, sinon, attendez le bip et vous savez ce qu'il faut faire… »*

« Ben, c'est moi. Rappelle-moi, je commence à avoir faim. »

Après quinze minutes, Nick commença à s'impatienter et alla tambouriner à la porte de la salle d'eau.

— Oui, oui… encore cinq minutes et je sors.

— Bon, finis ta douche, moi, je dois partir, maintenant. Pense à claquer la porte en sortant.

— Eh, attends! On se revoit bientôt? C'est quoi, déjà, ton nom? Moi, c'est Caroline, tu te souviens? Caro pour les intimes. Je te laisse mon numéro sur le lit.

Pour toute réponse, Caroline se contenta du claquement de la porte de la chambre.

2

La matinée était à peine terminée et Rose-Marie déjeunait seule devant le journal télé. Plus le temps passait, et plus les faits divers relatés, aussi consternants les uns que les autres, l'oppressaient. Aujourd'hui, les médias faisaient leur une sur le dénouement de la disparition de la petite Camille, cinq ans. Depuis quatre jours, les recherches étaient activement menées pour retrouver cette gamine. Les parents, en pleurs devant les journalistes, avaient supplié qu'on les aide à ramener leur petit trésor et aujourd'hui, le procureur annonçait que le couple venait d'être mis en examen après la découverte du corps de la fillette enterré dans le jardin de la maison familiale. L'enquête était en cours, mais il semblait que la petite ait déjà fait l'objet de signalements auprès des services sociaux pour suspicion de maltraitance. Qu'elle était belle, la justice ! Rose-Marie, la gorge serrée, s'imagina à la place de ces parents : comment pouvait-on lever la main sur son propre enfant, sur sa propre chair, lui ôter la vie et sans complexe aller pleurer devant les caméras ? Que pouvait-il se passer dans la tête de ces monstres à ces moments-là ? C'en était assez, Rose-Marie éteignit la télé, débarrassa son plateau et entreprit de faire un peu de repassage en musique, ce qui avait le don de lui changer les idées.

Elle alluma la chaîne hi-fi et sélectionna Radio Nostalgie. Ces chansons d'une autre époque lui rappelaient le temps où elle existait encore. Le temps où elle rêvait d'une belle vie, ambitieuse, riche en expériences. Le temps où elle était une petite fille insouciante, pleine de joie et d'espoir en l'avenir. Puis, celui un peu moins lointain où elle était une brillante étudiante en droit. Sortie major de sa promo en première et en deuxième année, elle voulait terminer son diplôme et s'essayer à l'école de Magistrature. Elle avait un respect sans limite pour tout ce qui représentait la justice et la loi et notamment pour ceux qui cherchaient à les servir. Selon elle, il n'y avait que les gens bons et droits qui pouvaient prétendre à exercer ce devoir sur leurs concitoyens. C'était ce qu'elle voulait être elle aussi : bonne et droite. Elle avait plus ou moins atteint ses objectifs, mais dans un tout autre domaine. Le destin s'en était mêlé : lorsqu'elle préparait sa licence, elle avait rencontré Pierre, étudiant en deuxième année d'école d'ingénieur ; coup de foudre réciproque, et pour elle, son tout premier amour. Ses résultats avaient commencé à chuter à cause des sorties, des nuits blanches passées à refaire le monde, des grasses matinées volées sur les heures de cours magistraux. Cette rencontre avait commencé à déplaire à ses parents, aux revenus modestes, malgré la prometteuse situation à venir dont Pierre s'enorgueillissait à longueur de temps. Puis tout avait basculé le 21 février 1994 : un virage trop serré, une route glissante, une vitesse inadaptée, deux embardées et cinq tonneaux. Sa mère avait été tuée sur le coup et son père, transporté à l'hôpital dans un état grave, n'avait survécu que trois jours. Rose-Marie n'avait pas pu leur dire au revoir, pire encore, elle n'était pas sûre de leur avoir jamais dit combien elle les aimait.

Après l'accident, elle était restée enfermée chez elle pendant deux mois, refusant de voir qui que ce soit, le téléphone décroché. Elle passait son temps à ranger les affaires de ses parents et à feuilleter encore et encore les albums de famille afin que les visages de sa mère et de son père restent imprimés le plus longtemps possible dans sa mémoire. Elle n'ouvrait la porte qu'à Pierre, qui avait su faire preuve de beaucoup de compréhension, de patience et de douceur dans ces moments difficiles. Il lui apportait des sacs de provisions deux fois par semaine, restait dormir chez elle quand elle le lui demandait et lui donnait des nouvelles de l'extérieur afin qu'elle soit toujours connectée avec le reste du monde. C'est à ce moment-là que Pierre souffla à Rose-Marie l'idée de fonder tous deux leur propre famille, comme un hommage à ses parents, lui répétant qu'elle n'aurait pas besoin de travailler, car sa situation lui permettrait de subvenir largement à leurs besoins. Rose-Marie, perdue, s'était laissé convaincre plutôt facilement ; cela l'avait réconfortée d'avoir quelqu'un sur qui compter maintenant qu'elle était orpheline. Peu de temps après, ils avaient emménagé dans un petit studio, dans le quatorzième arrondissement. Puis Pierre avait obtenu son diplôme. Il avait décroché, presque dans la foulée, un contrat de travail très intéressant au sein d'un grand groupe de recherche et développement en mécanique. Puis ils s'étaient mariés. Rose-Marie était tombée enceinte de leur premier enfant, Florence ; ils avaient déménagé dans un appartement un peu plus grand du côté de Clamart. Elle partageait son temps entre son bébé et la gestion de leur foyer, cherchant par tous les moyens à faciliter le quotidien stressant de son mari. Quelques mois plus tard, une deuxième naissance s'était annoncée, encore une fille, ce que

Pierre avait semblé lui reprocher. Ils avaient alors décidé d'acheter leur maison à Bourg-la-Reine. Et c'est ainsi qu'étaient passées les années, entre l'arrivée de Manon, les promotions professionnelles de Pierre, puis la naissance de Maxime, les vacances en famille, les petites joies et les engueulades du quotidien... Petit à petit, Rose-Marie jeune femme enjouée et rieuse avait cédé la place à Rose-Marie femme au foyer dévouée à sa famille, mais lasse de cette vie menée au détriment de son propre bonheur.

Il était quinze heures. Rose-Marie leva le nez de sa planche à repasser et commença à émerger des pensées profondes qui la minaient. Aujourd'hui, c'était vendredi : son jour préféré, et pour cause. Une règle avait été établie : le dîner du vendredi soir était consacré à la famille. Les trois enfants avaient pour consigne de lâcher leurs cours, leurs copains, et de venir passer la soirée à la maison, comme au bon vieux temps ; Florence, qui faisait son internat à l'hôpital, lui avait confirmé qu'elle serait de repos ce jour-là et qu'elle pourrait venir sans faute. Souvent, les deux grandes restaient dormir à la maison après le dîner, lorsqu'elles manquaient de courage pour repartir chez elles. Elles retrouvaient alors leurs chambres d'adolescentes et aimaient à se faire dorloter par leur mère le lendemain matin. Même Pierre mettait un point d'honneur à se libérer de ses obligations pour honorer ce rendez-vous hebdomadaire.

Après avoir rangé son fer, Rose entra en cuisine. Ce soir, au menu, ce serait salade d'avocat et jambon de parme, bœuf bourguignon accompagné de pâtes fraîches et tarte au citron meringuée en dessert. Elle n'avait jamais été une grande cuisinière, mais les années passées derrière les fourneaux par la force des choses lui avaient permis d'acquérir suffisamment d'expérience pour préparer des festins dignes de ce nom. Le choix du menu n'était pas anodin : Florence avait toujours adoré les avocats, Maxime les pâtes fraîches, Pierre son bœuf bourguignon, quant à Manon, elle aurait été capable d'engloutir à elle seule l'intégralité d'une tarte au citron.

Elle venait tout juste de terminer d'émincer les légumes et s'apprêtait à faire sauter ses morceaux de bœuf achetés la veille au marché quand le téléphone sonna. Elle sortit la marmite du feu et se précipita au salon pour prendre le combiné. C'était le numéro de Florence qui s'affichait sur le petit écran digital.

— Allô, Flo ?

— Oui, maman, c'est moi.

— Rien de grave, j'espère ? Tu viens toujours dîner à la maison ce soir ?

— Pas de soucis, j'ai bloqué ma soirée, comme je te l'ai promis, j'ai juste un petit... service à te demander.

— Je suis tout ouïe.

— Eh bien, voilà... tu sais, avec mes gardes à l'AP[1], j'ai pas beaucoup de temps libre et, comment dire, eh bien il se trouve que ce soir, Jean-François est aussi de repos.

— Jean-François ? *Ton* Jean-François ?

— Oui, ne tourne pas autour du pot, tu sais de qui je parle... enfin bref, on a beaucoup de mal à se voir entre nos heures de garde respectives, nos cours, nos révisions...

— Où tu veux en venir, Flo ?

— Eh bien, je me demandais si tu voyais un inconvénient à ce que Jef, enfin, Jean-François m'accompagne ce soir pour notre sacro-sainte soirée familiale ?

— Ah... fit Rose-Marie d'un air plutôt étonné. Enfin, tu acceptes de nous le présenter ! Ça doit vraiment être du sérieux, alors, vous deux ?

— Allez, maman, c'est bon ! Il me faut une réponse, je reprends ma garde dans cinq minutes.

---

1. Diminutif de l'Assistance Publique (Hôpitaux de Paris).

— Bien sûr qu'il peut venir, ton Jef ; essaye d'appeler ton père pour l'avertir, quand même.

— En fait, je l'ai déjà appelé, il est d'accord.

— Ah… tu l'as appelé avant de m'appeler moi ? reprit Rose-Marie, déçue d'être reléguée à la seconde place.

— Oui, on sait jamais avec papa. Bon, si c'est OK pour vous deux, alors, on vient ce soir. Ah, au fait, maman, j'ai oublié de te dire : Jef est « *végé* ».

— Vé-quoi ?

— Eh bien, ça veut juste dire qu'il est végétarien… qu'il ne mange pas de viande. Du coup, ça serait sympa de prévoir un menu spécial pour l'occasion… bon, allez, là, faut que je te laisse, on m'appelle, je dois y retourner. Bisous et à ce soir.

Florence raccrocha avant d'avoir eu la réponse de sa mère.

Rose-Marie resta quelques instants le combiné à l'oreille, perplexe devant cet appel. Devait-elle se réjouir de pouvoir enfin rencontrer ce jeune homme que son aînée fréquentait depuis plusieurs mois ? Devait-elle se vexer de ne pas avoir été la première avertie de cette venue ? Et c'était quoi cette lubie végétarienne ? Qu'allait-elle faire du repas qu'elle avait commencé à cuisiner ? Qu'est-ce que ça mangeait, un étudiant en médecine végétarien ?

Après quelques minutes de réflexion, elle opta finalement pour un apéritif dînatoire. C'était la solution la plus simple pour réutiliser les légumes qu'elle avait déjà commencé à émincer, il lui suffisait de faire une petite mayonnaise maison, un peu de sauce à l'aïoli, une autre au roquefort, de tartiner quelques *toasts*, de découper des cubes de fromage et de les agrémenter de tomates cerises (heureusement qu'elle avait eu l'idée d'en prendre au marché la veille). Le tout accompagné de feuilletés qu'elle passerait au four à la dernière minute, ça devrait faire l'affaire. Ce genre de repas avait l'avantage de faciliter les conversations et de rendre les échanges plus sympathiques. Et puis, Rose-Marie savait que Pierre détestait les apéritifs dînatoires, c'était là un bon moyen de se venger d'avoir été la dernière avertie de ce léger changement de programme.

Après avoir enfin terminé la préparation de son nouveau menu et la mise en place sur la table basse du salon, elle leva les yeux vers la pendule de la cuisine. Il était dix-sept heures quarante. Elle lâcha ses torchons et décida d'aller se préparer pour cette soirée un peu particulière : un bon bain moussant, une belle tenue chic-confortable et un peu de maquillage devraient faire d'elle une belle-mère présentable.

Quand elle sortit de la salle de bains, Maxime était déjà rentré de ses cours. Il salua sa mère.

— Eh bien, tu t'es mise sur ton trente-et-un! C'est pour impressionner ton futur gendre? lui lança son fils, assis sur le canapé, la télécommande à la main.

— Bonjour, Max. Déjà rentré?

— ENFIN rentré, tu veux dire! Il est presque sept heures!

— Et dis-moi, comment es-tu au courant que nous avons un invité surprise ce soir?

— Flo nous a envoyé un SMS cet après-midi pour nous avertir.

— Du coup, ça ne te dit pas d'aller te rafraîchir un peu toi aussi et peut-être de te changer au passage?

— Nan. C'est pas le pape. Mon beauf, il me prend comme je suis ou il dégage!

— Surveille ton langage, s'il te plaît! J'espère que tu sauras te tenir, ce soir...

— C'est bon, tu m'as appris les bonnes manières, il me semble.

— Je me le demande parfois...

— Ah, au fait, maman chérie... j'ai un petit service à te demander...

— Tiens, le ton a changé! Tu connais donc les bonnes manières quand elles peuvent te servir... alors, c'est quoi, ce petit service?

— Ben, tu sais que demain, c'est la soirée d'anniversaire de mon pote Devon ; il organise une fête à tout casser chez lui, du coup, je risque de bien picoler et comme y'a pas assez de place chez lui pour faire dormir tout le monde, j'ai besoin d'un chauffeur pour venir me chercher.

— Attends, tu me demandes de venir te chercher demain après ta soirée, c'est ça ?

— Oui, disons sur le coup de trois heures du mat'…

— Trois heures ? Tu blagues ou quoi ?

— C'est toi qui veux pas que je rentre en RER seul la nuit, et je vais pas prendre ma voiture alors que je risque de me mettre la tête à l'envers !

— Alors, *primo* : pourquoi tu ne demandes pas ce petit service à ton père ? *Deuxio* : tu peux pas emporter un sac de couchage, te trouver un petit coin où dormir chez ton pote et revenir à la maison le lendemain matin un peu plus frais ? Et *tertio* : je te rappelle que ma voiture est au garage et que je ne la récupère que mardi !

— Allez, maman, je vais pas te supplier, quand même ! Tu sais bien que papa n'est pas disponible demain soir, c'est sa soirée poker chez le voisin. Après, je vais pas dormir comme un clodo chez Devon, bonjour la honte ! Sans compter qu'il espère bien conclure avec sa copine, alors je vais pas tenir la chandelle, non plus! Et pour finir, j'y ai réfléchi, je te laisse ma voiture, comme ça, y'a plus de problème de garage.

— Ah, je vois que tu y as déjà bien réfléchi… c'est gentil de m'en avoir fait part avant!

— Allez, s'il te plaît, ma petite maman chérie…

— Quelle heure?

— Trois heures, ou trois heures et demie…

— Une heure. Au plus tard.

— Ah, non, la fête commence vraiment à une heure! Allez, deux heures? Ça te va?

Rose-Marie souffla, exaspérée.

— Bon, OK pour deux heures, mais je te préviens, je ne ferai pas le pied de grue en bas de chez ton copain. À deux heures, tu montes dans la voiture et on rentre. Aucun retard ne sera admis. Si tu n'es pas là, je fais demi-tour aussi sec et tu te débrouilles pour rentrer! C'est bien compris?

— C'est enregistré! Merci, m'man, fit Maxime, pas peu fier de ces négociations.

Il reprit alors la télécommande et entreprit un *zapping* effréné sur toutes les chaînes de la box.

À cet instant-là, la sonnette retentit à quatre reprises et la porte d'entrée s'ouvrit brusquement.

— Ah, on reconnaît la discrétion de ma sœur préférée… lança Maxime, le sourire en coin.

Manon entra dans la maison, tout sourire, et, d'un pas vif, alla embrasser sa mère très chaleureusement. Cela ne devrait pas se dire ni même exister, mais il est vrai que de ses trois enfants, Manon avait toujours été la préférée de Rose-Marie. Sa joie de vivre, son excentricité, son optimisme omniprésent, son caractère de femme insoumise l'avaient toujours impressionnée. Elle n'avait jamais su d'où lui venait ce tempérament de feu.

— Coucou, la petite famille! Alors, ça swingue à Bourg-la-Reine! Encore planté dans le canapé, p'tit frère? Fais gaffe, tu vas finir par germer!

— C'est bon, je me détends un peu après une dure journée de cours; pas comme toi, je passe pas mon temps à faire du coloriage et à rêvasser devant un dessin représentant un carré blanc sur un fond noir!

— T'es jaloux, Maxou?

— Ah non, m'appelle pas comme ça, surtout devant le mec de Florence! Commencez pas à m'afficher devant le futur beauf!

— Mais c'est vrai que miss perfection nous présente son casse-croûte, ce soir…

— Son casse-croûte? Trop fort, Manon! Je sais pas d'où tu la sors, celle-là.

— Allez, on se calme, les commères, les apaisa Rose-Marie, voyant que ce Jean-François semblait avoir piqué la curiosité de toute la famille.

C'est à ce moment-là que Pierre apparut à la porte du petit pavillon, l'air un peu las, une barbe de quelques jours parsemée de poils gris hirsutes, le regard marqué par des poches gonflées qui trahissaient un état de fatigue avancé. Il déposa son attaché-case sur le meuble de l'entrée et accrocha son veston sur le porte-manteau.

— Eh bien, c'est animé, par ici ! On vous entend rire de dehors.

— Coucou, papa, lancèrent en chœur les deux trublions.

— Votre sœur arrive, je viens de la croiser. Elle cherche une place pour se garer.

Rose-Marie décida qu'il était temps de mettre ses *toasts* et ses feuilletés au four. Elle se dirigea vers la cuisine et en profita pour regarder par la fenêtre pour apercevoir le jeune couple avant qu'il n'arrive, mais pas de voiture à l'horizon.

— Alors, qu'est-ce que tu nous as préparé pour ce soir ? questionna Pierre en cherchant du regard des indices sur le plan de travail.

— Un apéritif dînatoire, ça nous permettra de faire mieux connaissance avec Jean-François, lui répondit Rose-Marie sans un regard.

— Eh bien, j'espère qu'ils n'ont pas trop faim, les enfants! Sinon, je fais livrer des pizzas, rétorqua Pierre d'un ton narquois.

— Ne t'inquiète donc pas pour mes enfants, ils sont plus intéressés par la venue de Jean-François que par ce qu'il y aura dans leurs assiettes, contrairement à d'autres, répondit sèchement Rose-Marie en lançant un regard noir à l'attention de son époux. Et puis je ne pense pas que tu meures de faim, il m'a semblé comprendre que tu avais – encore – un déjeuner d'affaires, aujourd'hui, et à sentir ton haleine, il a dû être bien arrosé…

— Qu'est-ce tu veux, il faut bien que certains travaillent pour faire vivre ceux qui se la coulent douce! Et au passage, tu aurais mieux fait de passer plus de temps en cuisine que dans la salle de bains. Le résultat aurait été plus intéressant pour nous.

— Toujours aussi aimable.

Rose-Marie, blessée par les critiques de son mari, tourna les talons quand la sonnette retentit à nouveau. Elle se dirigea vers l'entrée et alla ouvrir la porte. Sur le seuil, Florence se présenta droite et fine comme une aiguille, élégamment sanglée dans un petit tailleur gris chiné, chemise blanche entrouverte sur un décolleté peu généreux, les cheveux tirés en arrière; à chaque fois qu'elle revoyait son aînée, Rose-Marie mesurait les années qui passaient. Elle se rappelait encore le temps où sa fille portait de jolies robes chasubles rose bonbon avec ses socquettes blanches et deux petites couettes nouées avec des élastiques en forme de fleur.

— Bonsoir, maman, je te présente Jean-François; Jean-François, voici Rose-Marie, ma mère.

— Enchantée. Mais entrez, je vous en prie, il commence à faire froid, dehors. Vous allez pouvoir faire la connaissance de toute notre petite famille. Suivez-moi, tout le monde est au salon et je dois dire qu'on vous attend avec impatience.

— Madame, heureux de vous rencontrer, répondit le jeune homme en lui tendant maladroitement un petit bouquet de fleurs.

— Oh, merci, Jean-François, il fallait pas…

Rose-Marie attrapa le bouquet sans trop le regarder. Situation on ne peut plus banale et attendue. Pas très original, comme entrée en matière, pensa-t-elle en se dirigeant vers la cuisine pour sortir un vase après avoir accompagné ses invités jusqu'à l'entrée du salon. À vue d'œil, les fleurs avaient dû être achetées en toute hâte dans le premier supermarché qu'ils avaient trouvé sur la route.

Pendant ce temps, Florence commençait les présentations avec le reste de la famille.

— Cet élégant monsieur, c'est mon père, Pierre ; sur le canapé, et qui a plutôt intérêt à se lever pour dire bonjour, c'est mon petit frère, Maxime. Et là, c'est Manon, l'excentrique de la famille, résuma Florence.

— Eh bien, drôle de façon de présenter sa famille ! lança cette dernière.

— Bienvenue chez nous, Jean-François, mettez-vous à votre aise, fit Pierre.

— Papa, Jean-François t'a apporté une bonne bouteille d'Aloxe-Corton ; comme il est originaire de Bourgogne, il s'y connaît un peu et je lui ai dit que tu étais un amateur de bons vins.

— Quelle belle idée ! Dommage que le repas de ce soir ne nous permette pas d'ouvrir un vin comme celui-ci… ça serait un sacrilège. Je vais le ranger à la cave avant que votre mère ne tombe dessus.

Tous firent mine de ne pas avoir prêté attention à cette dernière remarque plutôt déplacée. De la cuisine, Rose-Marie, elle, avait vu et tout entendu. Les larmes aux yeux, elle sentit le feu lui monter aux joues. Elle décida de rester encore un peu isolée, histoire de surveiller la cuisson des petits fours et de retrouver son calme.

De loin, elle jugea son tout premier gendre officiel. Hormis le fait qu'elle avait eu droit à un maigre bouquet en guise de cadeau alors que son mari s'était vu offrir une bouteille de pur nectar, l'allure générale du jeune homme ne lui inspirait rien d'extraordinaire. Vêtu d'un jean délavé et d'un t-shirt blanc à manches longues, des cheveux châtains un peu trop longs à son goût, des yeux marron clair, des lunettes fines flanquées sur le nez. Rasé de près, il devait mesurer au moins un mètre quatre-vingts, mais se tenait légèrement voûté, les mains dans les poches, le regard fuyant. Elle aurait préféré qu'il soit un peu plus élégant, un peu plus souriant, mais finit par mettre tout cela sur le compte du stress de la première rencontre. Elle entendit des voix et quelques éclats de rire provenant du salon. Il lui sembla qu'il était temps pour elle de revenir auprès des siens.

La soirée commença dans une bonne ambiance. Pierre servait le champagne dans les coupes disposées sur la table basse. Florence et Jean-François étaient assis l'un à côté de l'autre sur le canapé, Maxime et Manon leur faisaient face sur des poufs, et Pierre avait pris place dans son fauteuil. La discussion tournait autour de leur rencontre lorsque Rose-Marie arriva les bras chargés des plats contenant les petits fours dorés.

— Votre mère a pensé qu'il serait judicieux de faire un apéritif dînatoire pour ce soir, alors ne vous privez pas de petits fours, sinon vous risquez de mourir de faim !

— J'adore l'idée, maman, c'est plus sympa et on peut manger ce qu'on veut comme on veut, et avec les mains, en plus ! valida Manon en lançant un clin d'œil à sa mère.

— Assez parlé de nous ! Maintenant, à vous de me dire ce que vous faites d'intéressant, proposa Jean-François.

Manon se lança la première :

— Eh bien, en ce qui me concerne, je suis le vilain petit canard de la famille. Je fais des études aux Beaux-Arts, je suis en quatrième année. Pas encore trop d'idée sur mon avenir. Pour l'instant, je profite de la vie au jour le jour et je m'éclate.

Pierre intervint pour compléter la présentation de sa benjamine :

— Manon est une artiste ! Elle se cherche encore un peu, mais je suis sûr qu'elle trouvera sa voie bientôt. Je n'ai aucun doute sur son talent et sa créativité. Dommage qu'elle ait un gros poil dans la main, sans quoi, je pense qu'elle serait déjà embauchée dans une boîte de marketing ou de publicité…

Maxime poursuivit :

— Moi, je suis en première année d'école d'ingénieur. J'aimerais trouver un poste en recherche et développement dans l'industrie spatiale.

— La tête dans les étoiles et le cul sur le canapé, c'est bien mon petit frère, ça ! clama Manon pour détendre un peu l'atmosphère, trop solennelle à son goût.

Ce bon mot eut l'avantage de provoquer le fou rire de l'auditoire, excepté de Maxime, un peu vexé par la remarque de sa sœur.

— Et vous, monsieur ? demande Jean-François en direction de Pierre.

— Oh, moi, je suis un vieux de la vieille. Je suis directeur industriel chez un grand constructeur aéronautique.

— Ah, je comprends mieux les objectifs de carrière de Maxime, conclut Jean-François.

— On va dire que les chiens ne font pas des chats…

— Et vous, madame Archaud ?

Manon, sentant que sa mère cherchait une réponse appropriée et que son père s'apprêtait à prendre la parole, devança tout le monde et répondit :

— Notre mère fait le plus beau et le plus dur métier du monde : elle s'occupe de nous et a passé sa vie à sacrifier son temps et son énergie à élever les trois garnements que nous sommes et à essayer de contenter un mari très occupé.

La spontanéité de cette réponse surprit toute l'assemblée, qui resta pensive un instant.

— Oui, ça s'appelle femme au foyer, et pas besoin de diplôme ou de compétence particulière pour exercer ce métier, compléta Pierre sur le ton de la provocation.

— Merci pour ces précisions, chéri, mais je pense que Jean-François avait parfaitement compris… quelqu'un reprend des *toasts*? Ils vont refroidir… reprit Rose-Marie afin de montrer qu'elle n'avait pas été touchée par la remarque de son mari.

Pour faire diversion, elle resservit un peu de champagne.

La soirée se poursuivit ainsi, entre éclats de rire et banalités. Au fur et à mesure, le jeune homme se livrait un peu plus. On apprit ainsi qu'il était devenu végétarien à l'âge de seize ans après avoir visité un abattoir avec son lycée, que son père était le médecin généraliste de son village et lui avait transmis sa vocation, quant à sa mère, elle était infirmière libérale. Il était fils unique.

Sur le coup de vingt-trois heures, Florence lui suggéra qu'il était temps pour eux de rentrer ; malgré l'insistance de Rose-Marie et de Pierre, qui, pour une fois, étaient sur la même longueur d'onde, le jeune couple refusa de passer la nuit dans le petit pavillon de Bourg-la-Reine, prétextant une sortie le lendemain matin. Après les *au revoir*, ils se promirent de remettre ça très prochainement.

Dès qu'ils eurent franchi la porte, Pierre se leva brusquement et se dirigea vers la cuisine.

— Je crève la dalle ! Juste quelques *toasts* et en plus, même pas de viande ! Je vais me faire un sandwich, qui en veut ?

— J'en veux bien un, p'pa, fit Maxime en lui emboîtant le pas.

— Alors, t'en penses quoi ? demande Manon à sa mère en l'aidant à débarrasser.

— Il a l'air d'être un gentil garçon.

— Ouais, un peu gnangnan sur les bords… je le prendrais pas comme médecin de famille, en tout cas !

— Laisse-lui sa chance. Florence a l'air de beaucoup l'aimer, c'est le principal, non ?

— Si tu le dis… bon, allez, maman, je vais me coucher, je suis crevée. Va te reposer un peu, toi aussi, tu as eu une soirée plutôt gratinée.

*

Il était quatorze heures quand Aziz poussa la lourde porte de l'immeuble situé rue Tolbiac, dans le XIIIᵉ arrondissement. Il appuya machinalement sur le quatorzième étage lorsque les portes de l'ascenseur se refermèrent. Il jeta un œil sur sa montre, une Breitling dernier modèle qu'il avait eue à prix d'or deux semaines plus tôt. Quand l'ascenseur s'arrêta, avant même qu'il puisse mettre un pied hors de la cabine, deux grands gaillards passèrent la tête par les portes coulissantes afin d'identifier son occupant.

— Bonjour, Aziz, t'as rendez-vous ?

— Tu veux une copie de mon agenda ? Allez, les sbires, on se pousse et on me laisse passer ou va falloir que j'explique à Gaspard pourquoi j'arrive avec deux minutes de retard.

— C'est bon, t'emporte pas, on contrôle, c'est tout… répliqua Jimmy, le visage à demi caché sous la capuche de son sweat-shirt.

Les deux lourdauds s'écartèrent pour laisser passer Aziz, qui, malgré son mètre quatre-vingt-huit, faisait plutôt chétif face aux deux colosses que Gaspard avait embauchés pour surveiller les allées et venues de l'étage depuis qu'il avait emménagé dans cet immeuble. Deux autres lascars planquaient dans la rue, bien à l'abri, l'œil à l'affût d'éventuelles descentes de police ou de gars un peu louches circulant dans le quartier.

Aziz s'arrêta devant le numéro 143 et cogna à la porte. Mélanie lui ouvrit au bout de quelques secondes. Mélanie était une belle plante de vingt-deux ans avec des atouts alléchants qu'elle savait mettre en valeur, toujours habillée en tenue légère, un décolleté plongeant laissant entrevoir un petit tatouage en forme de dauphin en haut du sein gauche.

— Entre, Aziz, Gaspard t'attend dans son bureau. Tu veux quelque chose à boire? Un café, un thé, un whisky?

Aziz regarda la belle brune lui tourner le dos et repartir vers le salon, où la télé déversait son lot de séries américaines, dont la jeune fille se délectait à longueur de journée, entre deux rails de coke et un cocktail fortement alcoolisé. Tandis qu'elle s'éloignait, balançant de droite à gauche son petit cul de façon si provocante, Aziz ne put s'empêcher de l'imaginer complètement nue. Il se voyait la chevauchant pour la baiser frénétiquement sur ce fichu canapé pendant que Gaspard l'attendait derrière la porte. Il essaya de sortir cette image de son esprit avant de rejoindre le « cocu imaginaire » dans son bureau. Décidément, ces semaines d'abstinence forcée commençaient à lui monter à la tête.

— C'est toi, Aziz ?

Il sortit aussitôt de ses rêveries et se dirigea vers la petite pièce située au fond de l'appartement.

— Salut, Gaspard, ça va, le business ?

— Comme jamais, mon coco... allez, viens t'asseoir, faut qu'on cause, toi et moi. J'ai du taf pour toi, un gros coup.

Aziz s'assit en face du grand bureau en merisier derrière lequel Gaspard était installé. Si on se fiait aux apparences, on aurait pu croire que celui-ci était un chef d'entreprise aisé, plutôt bien-né. Mais la réalité était tout autre...

Gaspard était un grand Noir de deux mètres au moins, d'origine réunionnaise ou martiniquaise, personne ne le savait vraiment. D'ailleurs, il ne parlait jamais de son passé. Bâti comme un ours, habillé en Versace avec de quoi régler la moitié de la dette de l'État autour de son cou, de ses poignets et de ses doigts. Un style un peu kitch, certes, mais qui ne laissait aucun doute sur son niveau de vie.

— Alors, comment va ta petite famille ?

— Ça va...

— Ta mère, elle s'en sort ? Et ton petit frère, toujours premier de la classe ?

— Oui, tout baigne. Ma mère s'en sort comme elle peut. Depuis qu'on a ta protection, elle n'est plus emmerdée par les petits caïds du quartier et elle peut sortir faire ses courses tranquille… et puis, faut dire que tu nous aides bien, aussi.

— C'est la moindre des choses, entre amis.

— Et Bilal, je sais pas d'où il sort, lui, mais il cartonne en classe et il bosse dur. C'est un bon petit, il devrait bien réussir, dans la vie, *inch Allah*…

— *Inch Allah*… reprit Gaspard. Et Mehdi, il tient le coup ?

— Ouais, on peut dire. Il lui reste quatre ans à tirer, mais son avocat lui dit qu'il pourra peut-être sortir un peu plus tôt avec une remise de peine pour bonne conduite. Du coup il se tient à carreau.

— Bon. Tu sais, Aziz, si j'en suis arrivé là où j'en suis, c'est bien grâce à ton frère et ça, je l'oublie pas. Dis-lui, la prochaine fois que tu vas le voir, que la belle vie l'attend à sa sortie. Je lui garde sa part bien au chaud, et pour tout dire, j'ai investi dans le business pour lui et il aura une très belle surprise quand il pointera son nez dehors.

— OK, je le lui dirai, fit Aziz, un peu coincé.

Il savait bien que son aîné avait pris pour tout le monde en gardant le silence, à commencer par Gaspard : c'était lui qui, à l'époque, avait organisé le casse qui avait mal tourné. Celui où le gardien de nuit s'était fait descendre. Lui, il s'en était sorti magistralement : pas inquiété car inconnu des services de police, et en prenant la fuite avec le butin, il était devenu du jour au lendemain plus riche de trois cent mille euros, un investissement de départ suffisant pour se lancer dans le business. Depuis, sa fortune n'avait jamais cessé de grandir et aujourd'hui, il palpait des millions et était respecté dans le milieu. Il était le premier à être sorti des petits *deals* dans les quartiers pour s'attaquer au marché des bobos parisiens. Comme ça, il ne faisait pas concurrence à ses anciens refourgueurs et il savait que ces sales bourges qui étaient nés avec une cuillère en argent dans la bouche, eux, au moins, payaient bien, savaient fermer leur gueule et ne pleurnichaient pas sur les hausses de tarif.

— Mélanie, apporte-nous deux Coca, on dessèche, ici ! aboya soudain Gaspard en direction de la porte du bureau.

Allongée sur le canapé du salon, absorbée par une nouvelle série télé, elle fit la moue et se leva sans précipitation. La jeune fille avait conservé toute la fraîcheur de son jeune âge, seul son regard froid et hautain laissait deviner une enfance plutôt difficile. Elle avait rencontré Gaspard presque deux ans plus tôt, alors qu'elle travaillait comme serveuse dans un bar branché de Paris. Elle avait tout de suite eu le coup de foudre! Gaspard lui avait promis monts et merveilles, offert les clefs de son royaume. Très vite, elle avait commencé à profiter des largesses de son nouveau compagnon : de la coke à volonté, un bel appartement en plein Paris, du *shopping* avec des liasses de billets débordant de son sac à main, des rendez-vous chez le coiffeur ou l'esthéticienne une fois par semaine... la seule contrepartie à tout ce luxe : accorder deux ou trois faveurs sexuelles à Gaspard chaque semaine, une partie de jambes en l'air par-ci avec une belle prestation orgasmique simulée, quelques fellations par-là et le tour était joué. Ce n'était finalement pas cher payé pour une vie de princesse. Elle se doutait bien que Gaspard se tapait quelques petites putes parfois, voire certaines petites salopes de bourges dès qu'il en avait l'occasion, mais ça ne lui posait pas de problème tant qu'elle gardait sa place de privilégiée.

Dans le bureau, Aziz et Gaspard poursuivaient leur discussion :

— Bon, revenons à nos affaires. Je voulais te voir car j'ai un boulot à te confier, Aziz.

— J'écoute.

— Alors, pour faire simple, j'attends une livraison, du lourd, qui doit arriver dans la région ce soir. Trois *go-fast* chargés à bloc. Ils ont passé la frontière espagnole il y a environ une heure. Je cherche un gars de confiance pour vérifier et réceptionner toute la marchandise chez le Gros Tony. Il faudra le régler pour le prêt des voitures, payer les passeurs et rapporter la marchandise à l'entrepôt dans un camion frigorifique qu'il a préparé. Faut contrôler toute la marchandise parce qu'y'a deux des trois passeurs que je ne connais pas encore et qui n'ont jamais travaillé pour moi, alors je veux être sûr qu'ils cherchent pas à me niquer, tu comprends? À l'entrepôt, Saïd t'attendra, il se chargera de livrer les commandes aux intermédiaires. Ça t'intéresse comme *job*? Trois heures de ta soirée et tu repars plus riche de cinq mille euros… Alors?

À cet instant, Mélanie ouvrit la porte du bureau et apporta deux canettes et deux verres, qu'elle déposa sur le bureau. Gaspard la regarda d'un air réprobateur.

— Tu vois bien qu'on bosse, là! Tu peux pas frapper avant d'entrer?

— Oh, c'est bon, c'est toi qui voulais que je vous apporte du Coca.

— Et comment tu t'habilles? T'as vu ta robe? Je te donne pas assez de pognon pour que tu puisses t'acheter des tenues qui cachent au moins ton petit cul!

— Pourquoi, elle te plaît pas, ma nouvelle robe? C'est une Dolce & Gabbana, et je peux te dire qu'elle coûte un bras! Maintenant, si tu l'aimes pas, je la fous à la poubelle, comme tu veux, mon biquet. Après tout, c'est toi qui payes... fit Mélanie avant de tourner les talons.

— T'as vu cette petite conne? Je la dorlote comme une princesse, elle manque de rien et elle a le culot de me parler comme à un chien... Elle a intérêt à se calmer rapidement, sinon je la fous à la porte et elle aura pas l'air maligne avec ses robes Dolce & Gabbana sur le trottoir! Bon, on en était où?

— Tu venais de terminer le *pitch* sur le *job* que tu me proposes.

— Ah, oui. Alors, ta réponse?

— C'est bon pour moi si tu alignes sept mille. Prime de risque incluse. Tes passeurs, si on les connaît pas, ils peuvent tenter le diable et vouloir prendre leur commission, ça risque de castagner un peu; sans compter qu'après, je vais devoir me balader à travers tout Paris avec un camion blindé de dope: je risque de me faire braquer ou serrer par les flics...

— Ah, on te la fait pas, à toi, Aziz… Bon, ça va pour sept mille.

Gaspard se pencha sous le bureau et en sortit un sac à dos noir qu'il tendit à Aziz.

— Dedans, tu trouveras le *cash* pour régler tout le monde, les instructions et adresses où tu dois te rendre. Donc, pour résumer : tu réceptionnes trois Audi boostées. Dans les planques aménagées par le Gros Tony, tu dois trouver quarante paquets de coke dans chaque voiture. Ce sont des paquets de cinq kilos en provenance directe du Brésil par ma filière portugaise. C'est un gros coup, je te l'ai déjà dit. J'ai investi très gros, alors t'as plutôt intérêt à faire gaffe et à tout vérifier ! Tiens, en attendant, voilà une avance.

Gaspard sortit de la poche de son pantalon une liasse de billets de deux cents euros et en posa dix devant Aziz.

— C'est une avance sur ta prime de risque, fit-il en souriant.

Aziz prit les billets et les rangea dans son jean avant de finir son verre.

— Bon, parlons d'autre chose. Tu sais que j'ai confiance en toi et que ton avis compte beaucoup pour moi.

Aziz regarda Gaspard d'un air neutre et dégagé, bien dans les yeux afin de lui affirmer son approbation.

Gaspard poursuivit :

— Qu'est-ce que tu penses de Fred ?

— Fred ? C'est un idiot doublé d'un con. Il se la pète un peu trop, si tu veux mon avis.

— Oui, c'est aussi ce que je pense. Si c'était le seul problème, une bonne paire de baffes lui remettrait peut-être les idées en place, mais j'ai eu d'autres informations de mes gars. Il paraît qu'il parle un peu trop dans tout Paris, qu'il se permet de se servir de mon nom pour entrer dans certaines boîtes privées et se faire offrir des bouteilles de champagne et des putes.

— J'en ai entendu parler aussi. Il se présenterait comme ton bras droit.

— Fred ? Mon bras droit ? Quel trou du cul ! Ce connard va m'attirer des ennuis, si ça continue ! Je vais m'occuper de son cas, à celui-là.

— C'est toi qui vois, Gaspard…

— Bon, merci pour tes conseils, mon ami. Je te raccompagne. Et tu repasses demain vers six heures pour ramasser le reste de ton pognon ?

— OK pour moi, répondit Aziz en prenant le sac à dos.

En sortant du bureau, celui-ci aperçut Mélanie avachie sur le canapé, son verre à la main. Ses yeux étaient vitreux, ses pupilles dilatées, sa robe, à demi remontée, laissait entrevoir sa petite culotte en dentelle noire.

— Mélanie! s'égosilla Gaspard. Tiens-toi bien, petite pétasse! On a du monde à la maison. D'ici, on voit presque tes ovaires, espèce de petite pute! Et tu m'éteins cette télé de merde, y'en a assez de ces conneries que tu t'enfiles à longueur de journée. Allez, bouge ton cul!

Surprise par la dureté des paroles de Gaspard, Mélanie se redressa, ajusta sa robe et partit en direction de sa chambre sans dire un mot. En passant à côté de son compagnon, elle se prit une magistrale main aux fesses. Elle comprit tout de suite qu'il était excité, comme souvent après avoir conclu une bonne affaire, et qu'il allait s'occuper d'elle dès que leur invité serait sorti.

Aziz quitta l'appartement en jetant un dernier regard en direction de la chambre où Mélanie venait de s'engouffrer et tomba à nouveau sur les deux sbires.

— Alors, Aziz, ça s'est bien passé? T'as eu ton entretien annuel d'évaluation… lança l'un des deux en éclatant de rire.

— De quoi je me mêle, ducon? Allez, pousse-toi de là, Fred, y'a un ascenseur qui m'attend.

*

Quand la porte du 143 se referma, Gaspard se frotta les mains. Il s'installa dans le canapé fraîchement libéré et sortit son téléphone portable. Il composa un numéro. L'appareil sonna dans le vide une fois, deux fois, trois fois, puis une voix à l'autre bout débita : «*Bonjour, vous êtes bien sur la messagerie de Ben, si c'est pour me réclamer de l'argent, inutile de laisser un message, sinon, attendez le bip et vous savez ce qu'il faut faire…*»

«Gaspard au téléphone, rappelle-moi dans la journée, j'ai du taf pour toi.»

Gaspard raccrocha, puis se dirigea vers la chambre.

*

Quand Aziz se retrouva dans la rue, la sonnerie de son portable retentit. Il décrocha. C'était Abdelkader, un copain d'enfance. Ils avaient tous les deux grandi dans le même quartier et fait leurs armes en bossant occasionnellement pour Gaspard. Abdel s'était rangé peu après le casse qui avait envoyé Mehdi en prison… la peur, peut-être, d'avoir un jour à se retrouver dans la même situation, ou bien était-ce dû à sa rencontre avec Marjorie, qui, depuis, était devenue sa femme. Ils avaient deux enfants ensemble et Abdel bossait comme coursier, tandis qu'elle était coiffeuse à domicile.

— Aziz, mon frère, comment vas-tu ?

— Hé ! Abdel, ça fait une paye que t'as pas donné de tes nouvelles !

— Ben, qu'est-ce que tu veux, entre le boulot et les gosses, j'ai plus vraiment le temps de m'amuser. Et toi ? Qu'est-ce que tu deviens ?

— Pas grand-chose. Je fais des petits boulots par-ci, par-là, et le reste du temps, je zone.

— Ah, je vois. Et il y a une madame Aziz dans ta vie ?

— Oh, non. Pas le temps pour ça. Et puis je suis pas pressé de me caser. Je suis pas prêt à m'engager, moi. Franchement, je sais pas comment t'as fait pour te maquer si vite avec Marj'.

— Paraît qu'on appelle ça le coup de foudre. Mais bon, depuis le temps, la foudre est partie et ce sont plus souvent les coups qui tombent. Sinon ça te dit de venir dîner à la maison, ce soir ?

— Ce soir ? Ça tombe mal, je suis déjà pris.

— Alors demain, si tu veux. À dix-neuf heures. Tu peux rester dormir à la maison si ça t'arrange, y'a de la place et les gosses seront contents de te revoir.

— Écoute, j'ai quelque chose de prévu à dix-huit heures, alors si on peut déplacer ça à vingt heures, vingt heures trente ?

— C'est bon pour moi. Au fait, tu te rappelles l'adresse ?

— Oui, toujours à Cergy, c'est ça ?

— C'est ça. Bon, allez, je te laisse, j'ai une livraison à faire. À demain !

Cela faisait au moins un an et demi qu'Aziz n'avait plus eu de nouvelles de son ancien acolyte ; en raccrochant, il eut une sensation un peu étrange. De celles qui vous font penser que certaines anciennes connaissances n'ont plus rien de commun avec vous et votre vie actuelle. Que les deux chemins se sont séparés et qu'ils ne sont pas près de se recroiser. Il irait chez Abdel le lendemain soir. Juste pour confirmer son impression. Mais franchement, il n'était pas particulièrement emballé par l'idée.

Aziz s'arrêta au McDo situé à l'angle de la rue et se paya un menu qu'il ingurgita en deux minutes. Il était presque seize heures et il crevait la dalle. Puis il repartit chez lui, s'enferma dans sa chambre et ouvrit le sac afin d'en examiner le contenu et d'étudier les instructions que lui avait préparées Gaspard. Dedans, Aziz trouva un plan de Paris où étaient entourés le garage du Gros Tony et l'entrepôt, ainsi que vingt-sept mille euros en petites coupures et un mot à son attention :

Gros Tony : Quinze mille euros pour les trois voitures. Il cherche toujours à ramasser un peu plus et va se plaindre qu'il y a une rayure ou une bosse sur l'une de ses voitures. Si c'est le cas, dis-lui d'aller se faire foutre.

Les passeurs : tu les payes quand ils auront fini de charger toute la marchandise dans le camion de Tony. Tu leur refiles quatre mille euros à chacun après avoir vérifié leur téléphone et noté tous les numéros inscrits sur leur journal d'appel depuis ces trois derniers jours. Si l'un d'eux ne veut pas te refiler son portable, commence à poser trop de questions ou refuse de charger la marchandise, tu lui dis de venir me voir directement et que je me chargerai personnellement de régler les comptes.

Toutes les voitures doivent être arrivées chez le Gros Tony à dix-neuf heures au plus tard. Si y'en a qui sont pas à l'heure au rendez-vous, tu leur enlèves cinq cents euros par quart d'heure de retard et tu questionnes. Si leur explication tient pas la route ou s'il manque de la marchandise dans l'un des véhicules, passe-moi un coup de fil immédiatement et j'envoie quelqu'un.

Détail du chargement : cent vingt paquets de cinq kilos (quarante dans chaque voiture). Tony a aménagé lui-même les planques, il te les montrera. Vérifie que chaque paquet est bien emballé et n'a pas été ouvert.

Saïd t'attendra à l'entrepôt pour récupérer le camion. Il est chargé de m'avertir si tu te pointes pas avant minuit là-bas, alors traîne pas en chemin.

Ne m'appelle qu'en cas de problème. Si tout se passe comme il faut, on se revoit demain.

Les explications étaient claires. Aziz étudia ensuite le plan et évalua l'itinéraire le plus sûr pour rejoindre l'entrepôt sans se faire emmerder. Puis il rangea l'avance que lui avait faite Gaspard dans la planque de sa chambre et en retira deux billets de deux cents euros, qu'il mit dans sa poche. Quand il referma le sac, il était presque dix-huit heures. Il entendit la porte d'entrée claquer et sortit de sa chambre. Sa mère venait d'arriver, les bras chargés de sacs de courses.

— Ah, Aziz, tu es rentré ?

— Oui, m'man, mais je dois ressortir.

— Et tu seras là pour manger, ce soir ?

— Non, m'attendez pas pour le dîner, je risque de rentrer très tard.

— Et ton frère, il est là ?

— Je l'ai pas vu. Il doit encore traîner à la bibliothèque, il disait qu'il avait un exposé à faire pour la semaine prochaine.

— Oh, le pauvre petit, il travaille trop ! Et toi, où est-ce que tu vas, ce soir ?

— Je sors avec des copains.

— Quand est-ce que tu vas arrêter tes bêtises ? Et quand tu vas enfin trouver un vrai travail comme le petit Abdel ? Je l'ai croisé tout à l'heure, eh bien, tu sais quoi ? Il a une petite famille, un bon travail. C'est un bon garçon, lui, au moins.

Aziz comprit alors l'origine de l'appel qu'il avait reçu un peu plus tôt dans l'après-midi. Et il commença à entrevoir ce qui l'attendrait le lendemain soir : Abdel avait certainement été chargé par sa mère de lui faire la leçon. Il se demanda soudain s'il n'allait pas inventer une excuse pour annuler le rendez-vous.

— Bon, j'y vais, maman. Ah, au fait, tiens, j'ai reçu une avance sur un boulot que je dois faire, ajouta Aziz en lui tendant l'un des deux billets qu'il avait mis dans sa poche.

— Et ça vient d'où, ça ? C'est encore de l'argent sale qui vient de je ne sais quelle magouille ?

Aziz ne répondit pas. Il déposa simplement l'argent sur la table de la cuisine et quitta la pièce. Il savait que malgré les remarques, Fatima ne manquerait pas de le prendre et de le glisser dans son porte-monnaie dès qu'il aurait le dos tourné. Il ne s'était pas trompé.

À dix-huit heures trente, Aziz était au rendez-vous chez le Gros Tony. Comme prévu, les voitures arrivèrent à l'heure, les passeurs acceptèrent bon gré mal gré de donner leurs portables à Aziz, de décharger la marchandise et ne posèrent aucune question. Le Gros Tony essaya, comme à son habitude, de lui soutirer deux mille euros de plus pour une jante écornée, Aziz l'envoya promener et dut subir une salve d'injures, mais n'y prêta pas attention. Il conduisit le camion jusqu'à l'entrepôt, où il arriva vers vingt-trois heures. Comme prévu, le dénommé Saïd l'attendait sur place. Ce dernier récupéra le chargement et chacun repartit de son côté. Aziz rentra chez lui et se coucha, épuisé, mais soulagé que tout se soit bien passé, en rêvant à ce qu'il pourrait bien faire des cinq mille euros qu'il allait recevoir le lendemain.

*

Gaspard sortit de la chambre après s'être vautré brutalement sur Mélanie. Quelques allers-retours avaient suffi pour le soulager de ses tensions. Quand il était arrivé dans la pièce après le départ d'Aziz, elle avait compris le message et l'attendait lascivement sur le lit, encore habillée, les pupilles toujours dilatées. Elle n'avait même pas fait l'effort de pousser un ou deux gémissements tellement elle était défoncée. *C'est à se demander si elle s'est aperçue que j'étais là,* se dit Gaspard, un peu désabusé. Il était en train de remonter sa fermeture Éclair quand son téléphone sonna. Il jeta un œil sur l'écran : « numéro inconnu ».

— Gaspard, annonça-t-il en décrochant.

— Bonjour, Gaspard, c'est Ben. Tu as cherché à me joindre ?

— Ah, Ben ! T'appelles d'où ? Ton numéro ne s'est pas affiché.

— Eh bien, j'ai amélioré mes procédures. Maintenant, je rappelle mes contacts depuis des téléphones prépayés.

— Ah, je vois. C'est bien. Bon, j'ai du boulot pour toi.

— J'écoute.

— Eh bien, voilà, y'a un de mes gars qui cherche les ennuis. Il commence à me taper sur le système et va pas tarder à faire des conneries.

— Je vois.

— Ça servira d'exemple pour les autres, au passage.

— J'ai compris. Alors, qui et quand ?

— Il s'appelle Frederico Marioni. On le surnomme Fred ; j'aimerais que ce soit réglé en début de semaine prochaine au plus tard.

— Ça laisse peu de temps. Tu es sûr de ta décision ?

— Certain. Alors, c'est bon pour toi ? Ton tarif pour l'affaire ?

— J'ai bien quelqu'un en tête qui pourrait régler ça rapidement. Un pro. Mon tarif, c'est vingt-cinq mille. Le gars est un peu cher, mais il fait du bon boulot.

— Vingt-cinq boules ! Eh bien, ce connard de Fred, il va me faire chier jusqu'au bout… Allez, c'est bon pour moi. Affaire conclue.

— OK, tu m'envoies le nom, la photo et l'adresse de ton type sur le numéro que je te transmets par SMS. Je te rappelle après que l'affaire sera réglée pour le « dédommagement ».

— J'attends ton message. Ah, et demande à ton type de bien dire à Fred qui l'envoie, histoire qu'il sache d'où ça vient.

— C'est entendu. Allez, à bientôt, Gaspard.

— À bientôt, Ben.

Gaspard raccrocha et envoya dans le quart d'heure qui suivit l'ensemble des informations que lui avait demandées Ben. Il jeta un regard furtif dans la chambre et aperçut Mélanie sur le lit. Elle s'était endormie. Il s'installa sur le canapé et commença à zapper sur les chaînes musicales.

3

Nick s'installa à sa table habituelle dans le troquet «Chez Jean-Louis», où il avait commencé à prendre ses habitudes depuis qu'il était dans son hôtel bon marché, non loin du Vieux-Port. Un bistro sympa dans un quartier tranquille où le voisinage n'était pas très envahissant. Il réussissait même à se fondre dans la foule des anonymes. Le parfait repaire pour se faire oublier quelque temps quand sa vie professionnelle tournait au ralenti. Il commanda un café bien serré et deux croissants. Pour faire passer le temps, il attrapa le journal posé sur le comptoir et commença à lire les gros titres : «*Les parents inculpés pour le meurtre de la petite Camille*» – une sordide histoire d'infanticide –, «*Le député Chantel mis en examen pour détournement de fonds*» – tous des pourris, ces politiciens –, «*Incendie d'origine inconnue dans un entrepôt de stockage des Restos du cœur*» – toujours les mêmes qui prennent! Après un petit tour dans les faits divers, puis sur la page nécrologique, il jeta un œil à sa montre : dix heures. Il paya sa note en espérant que la jolie fille qui avait partagé son lit – comment elle s'appelait, déjà ? Ah, oui, Caroline, Caro pour les intimes – avait bien vidé les lieux. Quand il poussa la porte de sa chambre, il constata que la pièce était vide, que le lit avait été refait (et ce n'était pas la femme de ménage qui s'en était occupé, les consignes que Nick avait laissées à son arrivée étaient claires sur ce point : il voulait que personne n'entre dans sa chambre en son absence, consigne respectée jusque-là) ; et qu'un petit mot avait été déposé sur sa table de chevet. Il l'ouvrit : *Caroline, appelle-moi,* suivi d'un numéro de portable. Il chiffonna le petit bout de papier et le jeta dans la corbeille.

Il fit un tour dans la salle d'eau pour se rafraîchir et vérifier qu'elle n'avait rien embarqué en partant. Il souleva le couvercle du réservoir de la chasse d'eau et en sortit une petite boîte de polystyrène hermétiquement emballée dans un sac plastique. Tout avait l'air intact. Il replaça l'objet dans le réservoir et se planta devant le miroir. Il fit un constat alarmant sur ce qu'il voyait dans la glace : des pattes d'oie au coin des yeux, quelques fils gris dans sa chevelure blonde et quelques cicatrices, témoignage d'une jeunesse agitée, qui ressortaient plus que jamais sur son teint doré. Il commençait à voir le temps passer, malgré un corps plutôt bien bâti et entretenu régulièrement. Il se dit qu'il était vraiment temps pour lui de changer de vie et de songer à passer à autre chose. Après presque vingt ans dans le milieu à enchaîner les contrats plus ou moins risqués et plus ou moins avantageux, il avait réussi à se forger une réputation solide et à amasser un joli pactole. Il gardait sur chaque contrat le strict nécessaire pour subvenir à ses besoins en attendant le suivant. Le reste, il l'avait placé auprès de sa banque très privée : *chez Mario* ; celui-là même qui l'avait introduit dans le milieu quand il avait débarqué à Marseille et qui se chargeait de faire « fructifier » son compte en investissements divers et pas vraiment très légaux. Aux dernières nouvelles, son pactole devait avoisiner les cinq cent mille euros. Il en avait bien ponctionné un peu de temps à autre : pendant les périodes de vaches maigres ou lorsqu'il avait commencé à parier sur son avenir lors d'un voyage au Mexique, trois ans auparavant. Il était tombé sous le charme de ce pays, qui le rapprochait des siens et où il faisait bon vivre. Là-bas, personne ne posait de question sur qui vous étiez, d'où vous veniez, et l'on y vivait pour pas grand-chose… alors il avait planifié d'y prendre sa retraite sur la côte est. Il avait même d'ores et déjà acheté une vieille bicoque à deux cents mètres de la plage et envoyait régulièrement de l'argent à ses contacts sur place afin qu'ils la retapent en attendant qu'il se décide enfin à plier bagages de façon définitive. En se regardant dans le miroir aujourd'hui, il se dit qu'il était temps avant qu'il ne perde la main, ou pire encore. Il s'imaginait déjà reprendre contact avec ses parents, les inviter pour les vacances dans sa jolie cabane au bord de l'eau, il s'inventerait une histoire de placements juteux qui expliqueraient sa fortune. Il se couchait tous les soirs avec ces idées. Malheureusement, ces beaux projets s'arrêtaient aux portes de la nuit et ne pénétraient jamais son sommeil. Peu importe, rêver éveillé permettait de garder le contrôle sur son imaginaire. Seule véritable ombre au tableau : à l'approche de la quarantaine, il n'avait jamais réussi à trouver La femme qui aurait su le détourner complètement de cette vie et avec qui il aurait voulu fonder une famille, avoir des enfants, se ranger vraiment. Aucune de toutes les femmes qu'il avait connues le temps d'une nuit n'avait jamais réussi à lui faire oublier le regard et la douceur de celle qui le hantait depuis toujours : Sarah.

Quand Nick revint dans sa chambre, il jeta un œil dans son portefeuille et évalua qu'il ne lui restait plus que cinquante-deux euros de *cash*. Il avait payé son hôtel jusqu'au lundi suivant, mais ne pourrait pas prolonger son séjour dans ces conditions. D'ordinaire, il vivait plutôt confortablement. Ses contrats lui permettaient de subvenir à ses besoins pendant deux ou trois mois, après avoir, bien sûr, ponctionné les fameux cinquante pour cent qu'il reversait à Mario pour son « épargne retraite ». Mais là, ça faisait presque quatre mois qu'il n'avait pas eu le moindre contrat, et les caisses étaient vides.

Nick passa un coup de fil à Mario :

— Pizzeria Venezia lounge, bonjour, répondit une voix de femme.

— Anna ? C'est Nick. Mario est là ?

— Nick ! Oui, oui. Il est dans son bureau. Je vais te le passer mais avant, dis-moi, comment vas-tu, mon coco ? On ne te voit plus, ici… tu n'aimes plus ma cuisine ? Tu abandonnes ta *mama* chérie ?

— Anna… tu sais bien que tu auras toujours une place dans mon cœur. J'ai été pas mal occupé ces dernières semaines. Je te promets de venir bientôt, très bientôt même, mais avant, il faut absolument que je parle à Mario.

— J'ai compris, Nick, je te le passe tout de suite. Et n'oublie pas ce que tu m'as promis !

Anna transféra la ligne vers le bureau.

— Allô, Nick ? Alors, comment ça va, mon petit ?
Tu as des ennuis ?

— Non, Mario. J'appelle pour savoir si tu n'aurais
pas un peu de travail pour moi, je suis à sec.

— Rien pour toi, Nick. J'ai mes autres gars sur
des petits coups pas assez lucratifs pour quelqu'un
comme toi.

— OK… répondit Nick avec son léger accent
américain. J'aurais besoin d'un petit retrait, alors.

— Ah, c'est à ce point ? Et tu veux combien, Nick ?

— Redis-moi combien j'ai placé chez toi ?

— Attends, il faut que je refasse les comptes.
Comme ça, je peux pas te dire, mon grand. Écoute,
viens manger à la pizzeria ce soir, je t'invite, et on en
reparle. Ça me laisse le temps de voir. Et je te don-
nerai quelques biftons sur ton compte. Combien tu
veux ?

— Cinq mille, ça devrait aller.

— Ce soir, dix-neuf heures, ça te va ?

— Yep ! À ce soir, Mario.

Nick replaça son téléphone dans la poche de son
jean et regarda l'heure. Il était bientôt midi. Il se
passerait de déjeuner, aujourd'hui. Les croissants de
ce matin l'avaient bien calé et ce soir, il pourrait se
remplir l'estomac à moindre frais. Il avait soudain
cette sournoise envie qui le prenait de plus en plus

fréquemment ces derniers temps : aller la voir. Juste pour savoir comment elle se portait. Si son sourire était toujours aussi communicatif, ses yeux aussi pétillants. La frôler pour sentir l'odeur de son parfum, un mélange harmonieux de fleurs fraîchement coupées et de crème de jour à l'amande. Il empoigna son portefeuille, sa veste, ses lunettes de soleil et sortit de l'hôtel en direction du VIIe arrondissement. À cette heure-ci, elle devait être en train de s'installer dans le petit restaurant où elle déjeunait tous les vendredis avec ses collègues.

Sarah était vêtue de son tailleur gris chiné, un foulard coloré autour de son cou. Elle avait remonté ses cheveux bruns en chignon. Un léger trait de crayon noir soulignait son regard noisette. Nick prit place quelques tables derrière le petit comité qu'elle formait avec trois de ses collègues, avec lesquelles elle partageait son bureau au sein de la succursale d'un cabinet d'assurance. Peu importe où son travail le conduisait, il pouvait rester des mois durant dans telle ou telle ville de France, Nick revenait toujours à Marseille, parce qu'il y avait ses habitudes, ses principaux contacts et aussi et surtout parce que c'est là qu'il pouvait la voir. Nick n'avait jamais oublié celle qui, des années auparavant, lui avait brisé le cœur et avait fait de lui ce qu'il était devenu. Il lui arrivait même d'imaginer qu'un jour, elle lui reviendrait. C'était idiot. Il le savait bien. Elle n'avait jamais cherché à reprendre contact avec lui. Elle ne semblait même pas le reconnaître quand, par hasard, ils se croisaient dans la rue. Lorsque cela se produisait, il passait son chemin en s'efforçant de ne pas la regarder avec intensité pour ne pas éveiller ses soupçons.

Il avait décidé, il y avait plusieurs années de cela, de devenir son «ange gardien mystérieux», de la surveiller à distance, et parfois, comme ça avait déjà été le cas par le passé, d'intervenir secrètement quand les choses tournaient mal pour elle. Elle avait abandonné Nick pour un autre, mais ce dernier – peut-être ne s'était-il pas rendu compte de sa chance – l'avait quittée après quelques mois de relation.

Après ce coup dur, Sarah était restée seule pendant plusieurs années avant de tomber sur un type dans une boîte de nuit. Nick ne l'aimait pas. Il avait tout de suite vu ses mauvais côtés et pour cause, il commençait à connaître ce genre de bonhomme à force de bosser avec eux. Son intuition était fondée. Les deux tourtereaux s'étaient installés ensemble dans un tout petit appartement miteux. Lui semblait vivre de petits boulots et de ses indemnités de chômage quand Sarah avait décroché son poste actuel. Avec le temps, Nick avait remarqué que la jeune femme arborait régulièrement des bleus sur les bras, et que parfois, elle gardait ses lunettes de soleil ou se maquillait un peu trop lourdement.

Un jour, il l'avait entrevue sortant de sa banque, un plâtre au bras gauche. Il n'avait pas eu de doute quant aux origines de cet accident et avait été pris d'une rage qu'il avait tout naturellement dirigée vers ce sale type qui couchait dans le même lit que sa protégée. Il l'avait attrapé visiblement éméché un soir à la sortie d'un bar et lui avait administré une correction qui l'avait laissé édenté et le pif de travers. Il lui avait soufflé, une fois qu'il était à terre en train de pleurer et de gémir de douleur comme un enfant, qu'il avait tout intérêt à quitter Marseille dès le lendemain sans se retourner, sans quoi il ne se relèverait pas de sa prochaine correction. Le message avait été entendu, le type avait abandonné Sarah du jour au lendemain sans s'expliquer et n'était jamais revenu pointer le bout de son nez en ville. La jeune femme avait retrouvé petit à petit son sourire enjôleur. Et l'amour auprès d'un collègue de travail. Un peu coincé peut-être, mais celui-là, au moins, semblait réglo.

Nick commanda un café. Les discussions semblaient être animées à la table de Sarah, et des éclats de rire ponctuaient les prestations d'une des collègues, une petite femme rondelette imitant ce qui semblait être un de leurs clients. Quel plaisir de la voir aussi radieuse ! Nick aurait voulu l'accoster pour voir sa réaction. Mais il changea d'avis subitement quand il aperçut l'ami de Sarah entrer dans le bistrot. Il avait rejoint les quatre femmes et s'installa avec elles au moment où elles finissaient leurs desserts. Nick regarda attentivement l'homme qui avait pris place à ses côtés. Il ne lui trouvait aucun charme, aucun charisme. Il se demanda comment elle avait pu céder aux avances d'un individu aussi quelconque. Après quelques minutes, la tablée se leva à l'unisson pour rejoindre le comptoir et régler son addition. Ils se rapprochèrent de la chaise de Nick, ce qui l'obligea à se retourner légèrement pour ne pas leur faire face et risquer de croiser le regard de Sarah. Il surprit soudain des bribes de leur conversation :

— Alors, Sarah, tes valises sont prêtes ? demandait sa collègue rondelette.

— Presque bouclées. En même temps, je ne pars qu'une petite semaine et Pascal me rejoindra le week-end prochain pour une virée en amoureux.

— Une semaine de formation au siège, à Paname, tous frais payés, tu en as, de la chance! Nous, on va devoir continuer à se coltiner les emmerdeurs, pendant ce temps, commenta une autre collègue.

— C'est pas des vacances! Les journées sont plutôt pleines : huit heures-dix-huit heures! Après, c'est sûr, c'est quartier libre, mais bon, je vais pas vraiment me reposer.

— Et tu pars quand, au fait?

— Lundi, en fin de matinée. Comme ça, je m'installe à l'hôtel, je me balade un peu sur les Champs et je ne rentre pas trop tard. La formation commence mardi matin, jusqu'à jeudi soir. Je profiterai vraiment à partir de vendredi!

— Et tu t'installes où pendant ce temps?

— Pascal m'a réservé un petit trois étoiles en plein centre : le Centurion, c'est ça? questionna-t-elle des yeux son compagnon.

Ce dernier acquiesça d'un simple hochement de tête. Ils réglèrent leur note et sortirent du bistrot en riant. Nick paya son café et leur emboîta le pas. En passant la porte, il frôla légèrement Sarah, qui venait de s'allumer une cigarette sur le trottoir. Il huma l'air afin de s'enivrer de son odeur et repartit en direction de son hôtel d'un pas ragaillardi.

Il était près de dix-sept heures quand son téléphone sonna. Nick décrocha :

— Nick à l'appareil.

— Bonjour, mon ami, Ben à l'appareil.

— Ben ! Tu as eu mon dernier message ?

— Je l'ai bien reçu et ça tombe bien parce que j'ai
du boulot pour toi.

— Très bien. Fais-moi le *briefing* rapide de la
situation.

— Le donneur d'ordre est l'un des gros caïds de la
capitale. Il veut faire taire de façon définitive l'un de
ses sbires. Mais il veut que ce soit fait rapidement.
Tu es disponible en ce moment ?

— Toujours. Et l'affaire se conclut à combien ?

— Il y a vingt mille pour toi. Alors, t'en es ?

— Précisions sur la méthode, le mode opératoire ?

— Tu as le champ libre. Il y a juste un petit message
à transmettre au gars au moment où tu te chargeras
de lui, mais je t'expliquerai tout ça dès que tu seras
dans les parages.

— C'est bon pour moi. Je serai à Paris dimanche.
Je te passe un coup de fil quand j'arrive.

— À dimanche !

— À dimanche, Ben.

En raccrochant, Nick se dit que la chance commençait enfin à lui sourire : en quelques heures, il

venait de décrocher un contrat plutôt juteux qui, si ses comptes étaient bons, pourrait presque être le dernier avant de partir se la couler douce au soleil. Et en bonus, il pouvait continuer à suivre Sarah à Paris. Peut-être oserait-il enfin l'aborder là-bas ? Lui proposer de partir avec lui refaire sa vie ? Qui sait.

Il était tout juste dix-neuf heures quand Nick ouvrit la porte du Venezia lounge. Anna l'accueillit chaleureusement en l'embrassant de façon bruyante et un peu oppressante ; Anna était l'épouse de Mario depuis plus de trente ans, c'était une véritable *mama* italienne, imposante, gesticulante, toujours pleine d'entrain. Elle s'était prise d'affection pour Nick depuis leur première rencontre. Le vieux couple n'avait jamais pu avoir d'enfant, c'était un peu sa façon d'assouvir son instinct maternel que de prendre soin et d'enlacer de la sorte son « fils adoptif ».

— Nick ! Ça fait longtemps que tu n'es pas venu embrasser ta *mama* ! Tu pourrais faire des efforts, tu sais, on rajeunit pas, Mario et moi… Allez, Mario t'attend au fond de la salle, je vous ai installé une jolie petite table bien à l'abri des clients pour que vous soyez tranquilles.

— Merci, ma beauté, fit Nick en déposant un baiser sur la grosse joue d'Anna, qui fit des bonds de joie en recevant cette marque de tendresse.

Le restaurant de Mario servait plus ou moins de couverture à ses activités dans le milieu, mais les repas y étaient savoureux et l'endroit ne désemplissait pas. À cette heure de la soirée, seules trois tables étaient occupées. Des touristes, à première vue. Nick se dirigea vers la table que lui avait indiquée Anna. Mario était installé et lisait *Il Messagerro*.

— Nick, mon grand ! Je t'attendais, l'accueillit-il, le sourire aux lèvres. Allez, installe-toi et prends un verre de *lambrusco*.

Mario remplit le verre de Nick, en renversant une partie sur la jolie nappe vichy qu'Anna avait dressée pour les deux amours de sa vie.

— Alors, dis-moi tout : tu as des problèmes d'argent en ce moment ?

— Oh, ça s'arrange, Mario. Je viens de décrocher un contrat à Paname, je pars lundi pour quelques jours.

— Voilà une bonne nouvelle ! Et après ça, qu'est-ce que tu as prévu ? Un peu de vacances ?

— Après, Mario, je veux tout arrêter et me ranger. Je pense que je vais bientôt partir au soleil et me la couler douce. Cette vie me fatigue, tu sais.

— Je comprends, mon garçon. Tu n'as pas choisi un métier facile… et ta maison au Mexique, elle est terminée?

— Ça avance. Si c'est pas fini, je mettrai moi-même les mains dans le béton! Ça me changera.

— C'est bien. Tu sais, *mama* va être inconsolable le jour où tu t'envoleras vers ta nouvelle vie! Et c'est moi qui vais devoir gérer les cris et les larmes…

— Je sais, Mario, mais tu sais aussi bien que moi que je ne peux pas rester ici. C'est trop compliqué. Il y a forcément un jour où je croiserai quelqu'un qui voudra ma peau.

— Tu as raison, mon garçon. C'est mieux comme ça. Bon, alors, des spaghettis à la carbonara, comme d'habitude?

— Seulement si c'est *mama* qui les a préparées…

— Bien sûr que c'est elle qui les fait… elle laisserait personne d'autre entrer dans sa cuisine! *Mama*! Deux spaghettis à la carbonara! hurla-t-il en direction d'Anna, qui était en train d'accueillir de nouveaux clients. Revenons à nos affaires. J'ai fait les comptes cet après-midi après ton appel. Voilà ce que tu as en réserve. Mario tendit un morceau de papier à Nick sur lequel était griffonnée la somme de quatre cent quatre-vingt-trois mille euros. Pour faire court : tu as investi chez «Mario banque» environ trois cent soixante-dix-huit mille euros au cours de ces vingt dernières années, tu as retiré plus ou moins cent vingt mille euros, notamment il y a trois ans quand tu as acheté ta maison au Mexique, plus quelques retraits parfois quand tu avais besoin d'avances. Mais Mario a bien investi et du coup, tu as quasiment doublé ta mise. Alors, ça te semble correct ?

— C'est même parfait, tout ça.

Anna arriva avec deux assiettes pleines de spaghettis baignant dans une sauce crémeuse encore fumante. Elle déposa un pot de parmesan et une bouteille de *chianti* sur la table. Elle fit un clin d'œil en direction de Nick, qui le lui rendit.

— Bon, allez, mange, maintenant, tu as l'air d'avoir maigri.

— Bon appétit, Mario.

— *Bueno apetito*, Nick. Bon, pour continuer sur ton capital, tu comprends bien que je ne garde pas une telle somme dans le coffre de mon bureau. Alors, le jour où tu veux te faire la belle, tu m'appelles et tu me laisses au moins quelques jours pour réunir les fonds ? On est d'accord ?

— C'est compris.

— Et avant que je n'oublie, voilà ton avance de cinq mille comme tu me l'as demandé.

Mario lui glissa une enveloppe sur la table. Nick la prit et la rangea dans sa poche sans même vérifier.

— Allez, changeons de sujet. Tu t'es trouvé une petite femme ou tu cours encore après le passé?

— Rien de sérieux, Mario. Je n'ai pas le temps pour ça. Et puis les femmes d'aujourd'hui ne m'intéressent pas. Elles sont trop... il sembla chercher ses mots.

— ... trop merdeuses, répliqua Mario.

— Oui, c'est un peu ça.

— Dis-moi que tu as enfin lâché l'histoire de ta Sarah, la « miss je change d'idée comme de chemise ».

— Ne t'inquiète pas pour moi, Mario. Je digère.

— Il serait temps! En plus, la *mama* aimerait bien te voir arriver un jour avec un petit Nick dans les bras.

— Un jour peut-être, fit Nick sans conviction.

Anna vint débarrasser les assiettes vides et apporta deux tiramisus maison.

Lorsque le repas fut terminé, Mario invita Nick à prendre un cigare et un *amaretto* dans son bureau. Ils continuèrent leur discussion en se remémorant leur passé commun. La soirée se termina tard. Quand Nick sortit du restaurant, Anna avait déjà fermé les grilles, toutes les tables avaient été débarrassées et nettoyées. Il embrassa la *mama* et retourna à son hôtel.

4

Rose-Marie était assise dans le salon et recousait les boutons d'une vieille veste qu'elle avait retrouvée le matin même dans le fond de son placard. Elle ne l'avait pas revue depuis plusieurs années et pensait l'avoir perdue. Avec un peu de couture et quelques retouches, elle lui irait comme un gant. Ce serait idéal pour le printemps prochain. Elle avait déposé sa voiture à dix heures chez le garagiste, mais personne n'avait pu venir la chercher. Pierre avait prétexté une course à faire en ville, soi-disant pour sa sortie poker, quant à Max, il avait fait la grasse matinée jusqu'à treize heures en préparation de sa soirée chez son copain. Elle avait pris le bus, marché un peu et était rentrée trempée malgré son imper et son parapluie : il tombait des cordes depuis le matin. Pour passer ses nerfs, elle avait décidé de ranger son *dressing*. Maxime, qui avait passé l'après-midi le nez dans ses cours, arriva dans le salon, fraîchement douché et habillé.

— Salut, m'man.

— Tu es donc vivant, mon fils ?

— Je vais y aller. Alors, je peux compter sur toi, ce soir ? On a dit trois heures, c'est ça ?

— Non, non, jeune homme. On s'était entendus sur deux heures et sois déjà bien content que je vienne te chercher à cette heure-là !

— Ça valait le coup d'essayer…

— Tu as pris ton portable ? Il est chargé, au moins ?

— Oui, oui. Je te laisse les clés et les papiers de la Golf sur la table de la cuisine et je t'ai réécrit l'adresse de Devon au cas où tu l'aurais oubliée.

— Décidément, tu penses à tout. Allez, vas-y et profite bien, mais n'abuse pas de l'alcool !

— Promis, m'man.

Pierre entra dans la pièce avec un sachet dans les bras.

— On y va, Max ?

— Je suis prêt.

— Quoi, tu pars en voiture chez le voisin ? Il habite à quatre cents mètres ! s'étonna Rose-Marie.

— Il pleut à verse dehors, en plus, je leur ai promis de leur apporter des *cigarillos* et un Lagavouline, alors, oui, je prends la voiture. J'en profite pour déposer Maxime à la gare, comme ça, tout le monde est content !

— À ce soir, m'man !

— Ne m'attends pas, je ne sais pas à quelle heure je vais rentrer cette nuit… ajouta Pierre en direction de Rose-Marie.

Les deux hommes s'en allèrent en direction du garage, où la belle berline les attendait. Rose-Marie retourna à ses travaux de couture en se désolant de passer une nouvelle soirée solitaire, espérant trouver un programme intéressant à la télévision.

*

Aziz sortait de la douche. Il s'était rendu à son rendez-vous fixé la veille par Gaspard pour toucher le reste de son argent. Il ne s'était pas éternisé là-bas. L'homme était dans ses bons jours et pour cause : après l'affaire sans accroc de la veille, sa marchandise était déjà sur le marché et commençait à lui rapporter pas mal de liquidités. Son chiffre d'affaires allait décoller, cette année, lui avait-il confié.

Aziz regarda l'heure sur sa Breitling. Il était en retard. Il avait finalement décidé d'aller revoir son ancien ami, juste pour confirmer son intime conviction que leurs chemins s'étaient séparés de façon irrémédiable. Quand il arriva dans la cuisine, sa mère était en train de préparer le dîner, il aperçut au loin son petit frère, Bilal, devant la télé, dans le salon.

— Je vais dîner chez Abdel, maman.

— C'est bien, Aziz. Embrasse-le de ma part et tiens, prends ces boulettes de *keftas*. Je sais qu'il a toujours adoré mes boulettes, ça lui fera plaisir.

— Je vais pas me balader dans le RER avec un sachet de boulettes !

— Tu prends et tu te tais ! RER ou pas RER, tu vas pas aller les mains vides chez ton ami !

— C'est bon, je discute pas !

— Et tiens : avec le billet sale que tu m'as laissé hier, j'ai pris des cadeaux pour ses petites. Prends-les aussi.

— Maman !

Aziz arrêta de râler et rejoignit son petit frère dans le salon.

— Qu'est-ce que tu regardes ?

— Oh, rien en particulier. J'attends le dîner. Je suis fatigué, ce soir, je crois que je vais aller me coucher tôt.

Il évita de croiser le regard de son frère, car il savait pertinemment qu'il n'était pas doué pour mentir et que tous les membres de sa famille sans exception arrivaient à deviner le fond de ses pensées. Mais ce soir-là, Aziz devait être préoccupé car il ne posa pas de questions.

— Bon, allez, j'y vais, moi, sinon je vais vraiment être en retard. Bonne soirée, bonhomme, et à demain.

— À demain, Aziz.

Celui-ci sortit du petit appartement les bras chargés de sacs.

*

Nick retrouva sans problème les coordonnées de l'hôtel de Sarah. Il prit son téléphone et appela :

— Hôtel Le Centurion, bonjour !

— Bonjour. Je voulais savoir si je pouvais réserver une chambre pour la semaine prochaine

— Il nous en reste quelques-unes disponibles, monsieur. C'est à quel nom, je vous prie ?

— Monsieur Wilson, Peter Wilson.

— Très bien. Pour quelle date vous souhaitez réserver ?

— Toute la semaine. À partir de lundi.

— C'est pour un voyage d'affaires, monsieur Wilson ?

— On peut dire ça. Affaires et tourisme.

— Vous pouvez disposer de chambres VIP avec salon privatif et connexion Wifi, si vous le désirez.

— Non, ça ne sera pas utile. Mais j'ai une petite demande à vous faire.

— Je vous écoute.

— Eh bien, l'une de mes amies d'enfance a également réservé chez vous pour cette semaine. Nous avons prévu de nous revoir pour parler du bon vieux temps. Serait-il possible que nous ayons deux chambres voisines ?

— Je comprends, monsieur. Donnez-moi son nom et je vais voir ce que je peux faire.

— Sarah Galantier. Elle a dû réserver à partir de lundi aussi.

— Madame Galantier. Oui. Elle a confirmé sa réservation. Écoutez, le mieux que je puisse faire pour vous, c'est de vous réserver deux chambres sur le même étage. Est-ce que cela vous convient ?

— Parfait !

— Voilà, votre réservation a bien été enregistrée, monsieur Wilson. Le tarif est de deux cent vingt euros par nuit, petit déjeuner compris, ce qui fera un total de mille cinq cent quarante euros pour sept nuits. Il faudra nous régler un acompte de cinquante pour cent pour confirmer.

— Très bien. Je vous remercie. Au revoir.

— Au revoir, monsieur, et à lundi.

Nick raccrocha. Il sentit son cœur battre la chamade. Cette fois, c'était décidé, il l'aborderait enfin pour lui dire tout ce qu'il gardait au fond de lui depuis si longtemps. Il aurait moins de cinq jours pour la reconquérir avant l'arrivée de son nouveau compagnon. C'était maintenant ou jamais.

∗

Rose-Marie était installée sur le canapé. Elle zappait d'un programme à l'autre sur la télévision en attendant que le temps passe. Pour son repas, elle avait fini les restes de la veille et s'était sentie obligée de ne pas faire mentir son cher et tendre époux : elle avait ouvert l'excellente bouteille que leur avait apportée leur « futur gendre » – le végétarien blafard. Voyant qu'elle commençait à piquer du nez, elle décida de se lever pour débarrasser la table basse et en profita pour se verser la fin de la bouteille, qu'elle but d'une traite. Quand elle revint au salon, la fatigue était toujours là. Mais pourquoi avait-elle accepté d'aller chercher Max si tard ? Ce n'était plus de son âge de veiller une partie de la nuit ! Pas plus que de conduire une voiture dont elle n'avait pas l'habitude en pleine nuit sur des routes détrempées ! Pourquoi avait-elle décidé de prendre rendez-vous au garage à ce moment-là ? Elle avait presque six mois de retard pour l'entretien, elle n'était plus à un jour près et elle aurait pu utiliser sa propre voiture, qu'elle connaissait si bien. Sa Ford Escort, elle y tenait, c'était le seul bien qui lui appartenait vraiment.

Elle se l'était offerte au temps où elle avait repris une activité professionnelle. En effet, cinq ans plus tôt, les enfants étaient grands et autonomes, elle s'ennuyait seule à la maison et avait soufflé à Pierre son idée de trouver un emploi. Il lui avait ri au nez en insinuant qu'elle pouvait toujours chercher, mais que le vide de son CV lui remettrait vite les idées en place. Et pourtant, en à peine quatre mois, elle avait trouvé un contrat temporaire en tant qu'adjointe de direction auprès d'une PME basée à Bagneux. Elle avait alors redonné un nouveau sens à sa vie, rencontré de nouvelles personnes, elle avait des choses à raconter sur ses journées et ne ménageait pas ses efforts pour répondre aux exigences de son poste. Elle s'était même mise à prendre des cours d'anglais sur internet pour améliorer son vocabulaire. Étrangement, Pierre ne voyait pas d'un bon œil ce changement. Au début, il lui avait demandé de participer financièrement aux dépenses du foyer étant donné qu'elle commençait à gagner sa vie.

Elle s'était pliée volontiers à cette demande. Puis, petit à petit, il lui avait lancé des piques concernant le ménage qui n'avait pas été fait, les chemises pas repassées, les repas qui finissaient souvent en plats surgelés. Puis étaient venues des critiques plus vives sur son métier lui-même, ses collègues, sa boîte, si bien que le sujet était devenu tabou au bout de six mois. À la fin de sa mission, son patron, qui était très satisfait de son travail, lui avait proposé de changer son CDD en CDI, d'autant plus que la jeune femme en congé maternité qu'elle remplaçait venait de donner sa démission. Rose-Marie était enchantée de cette opportunité. Elle était partie aussitôt au supermarché pour acheter une bonne bouteille de champagne et fêter l'évènement en famille. Mais lorsqu'elle avait annoncé la nouvelle à Pierre et Maxime, ça avait été un coup de tonnerre. Pierre s'y était opposé farouchement, arguant que ce travail n'était pour elle qu'un amusement et qu'elle n'était pas capable de le mener de front avec l'entretien de la maison. Il l'avait menacée de divorce et la discussion s'était terminée là, sans dialogue possible.

Maxime était parti dans sa chambre. Pierre avait mis sa veste et avait quitté la maison en claquant la porte. Rose-Marie était restée seule avec sa bouteille de champagne. Elle avait pleuré à chaudes larmes en se disant que pour sa survie, il fallait qu'elle quitte cet enfer que lui faisait vivre son mari. Puis, elle avait commencé à réfléchir, regardé les petites annonces immobilières sur internet, étudié ses comptes et compris que Pierre avait raison : seule, elle ne pourrait jamais s'en sortir, même s'ils vendaient leur petite maison de Bourg-la-Reine. Et imposer un divorce aux enfants, c'était hors de question. Elle avait fini par se raviser, à contrecœur, et avait refusé la proposition de son patron. C'est avec ses indemnités de fin de contrat qu'elle s'était offert sa petite voiture d'occasion. C'était en quelque sorte son lot de consolation.

Quand Rose-Marie sortit de ses pensées, elle réalisa qu'elle s'était assoupie un instant. Elle prit alors son téléphone portable et régla le réveil sur une heure quinze. Cela lui laisserait largement le temps d'émerger et de faire la route jusqu'à l'appartement de Devon pour aller récupérer son fils. Et puis, il fallait qu'elle se repose un peu, sa vision, comme son esprit, commençaient à se troubler. Elle s'endormit sur le canapé du salon.

✳

Aziz ne tarda pas à regretter sa décision. Après les banalités d'usage, la distribution des cadeaux aux petites, qui montrèrent, à la demande de leur père, leur carnet de notes à tonton Aziz, un silence oppressant commença à envahir le petit appartement de Cergy où Abdelkader et Marjorie avaient élu domicile. La mère de famille alla coucher les enfants vers vingt-deux heures et rejoignit les deux amis d'enfance.

Aziz remarqua que le couple s'était empâté. La jeune femme était nettement moins jolie qu'à l'époque où il avait fait sa connaissance. Elle s'était affublée d'une coiffure invraisemblable : le crâne à demi rasé, une couleur rose délavée sur le reste de sa chevelure et un maquillage outrancier. Elle portait un fuseau noir trop serré et un petit débardeur argenté qui comprimait sa poitrine et faisait ressortir ses bourrelets. Abdel, quant à lui, avait une calvitie bien marquée, des poches sous les yeux et le teint jaune et terne des alcooliques chroniques. Pour couronner le tout, tous deux fumaient cigarette sur cigarette, si bien que l'air du petit appartement était quasiment irrespirable. Abdelkader commença alors les hostilités en vantant les vertus de la vie de famille, le bonheur de voir ses filles grandir, de gagner sa vie honnêtement et toutes les balivernes que lui servait sa mère à longueur de journée. La soirée commençait à s'éterniser devant le thé à la menthe que Marjorie avait préparé à l'intention de son convive.

Aziz jeta un coup d'œil furtif à sa montre et chercha un prétexte pour s'éclipser rapidement de cette galère. Il constata qu'Abdel lorgnait sur son poignet depuis le début de la soirée. *Eh oui, c'est sûrement pas avec ton salaire de misère que tu pourras te payer un jour une montre pareille!* songea Aziz, qui n'avait, malgré tous les efforts fournis par le couple, aucune envie de changer de vie ni de carrière…

— Je vais devoir vous laisser, j'ai de la route avant d'arriver, lança-t-il, à court d'argument.

— Tu peux rester dormir, si tu veux! On déplie le canapé-lit et c'est bon.

Pour être réveillé demain matin aux aurores par les cris des gamines?

— Non, c'est gentil, mais tu connais ma mère, elle va s'inquiéter si elle ne me voit pas demain à son réveil.

Ils se quittèrent ainsi, se promettant de se revoir prochainement – promesse qu'Aziz ne tiendrait jamais, bien évidemment, après le calvaire qu'il avait vécu au cours de cette soirée. Ce serait la toute dernière fois qu'il revoyait son cher ami d'enfance. Lui qui avait décidé de prendre une tout autre route.

*

Pendant ce temps, chez les Benzami, le petit Bilal s'était rhabillé en silence afin de ne pas réveiller sa mère. Il avait placé ses oreillers sous sa couette pour lui donner une forme plus ou moins humaine. Il enfila son blouson et prit son sac à dos, s'arrêta devant l'entrée pour attraper les clés du local à vélo et sortit discrètement de l'appartement. C'était la toute première fois qu'il faisait le mur. Un camarade l'invitait à passer la nuit dans une arcade de jeux vidéo gérée par son oncle. Il était stressé, mais impatient de pouvoir s'essayer à cette nouvelle expérience de vie. Il dévala les escaliers à toute allure en espérant ne pas y croiser un voisin ou même son frère, bien qu'à cette heure-ci, Aziz devait encore être bien loin de vouloir regagner le « cocon familial ». Mais on ne sait jamais.

Quand il arriva devant l'immeuble, son vélo à la main, ses deux copains étaient déjà arrivés. Ils étaient en train de fumer une cigarette, certainement volée à l'un de leurs parents.

— Ah, c'est pas trop tôt ! On a cru que t'avais changé d'avis et que tu te dégonflais, lança le plus grand des deux gamins.

— Moi, je ne me dégonfle jamais !

— Bon point pour toi, p'tit génie… Allez, on y va, y'a des tas d'aliens qui attendent qu'on les descende, chez mon oncle, fit l'autre copain en jetant son mégot par terre et en enfourchant son vélo.

Bilal n'aimait pas qu'on l'appelle «le p'tit génie». Ce surnom lui était tombé dessus quelques mois plus tôt après que ses camarades de classe s'étaient aperçus qu'il collectionnait les bonnes notes et les félicitations des professeurs. C'était aussi la raison pour laquelle les trois quarts des autres gamins lui tournaient le dos, mais ce n'était pas le cas d'Enzo ou de Matéo qui, eux, avaient compris l'utilité qu'il pouvait y avoir à être copains avec lui : quelques sorties par-ci, quelques invitations par-là, et d'ici deux à trois semaines, le p'tit génie finirait par les soulager de leurs devoirs.

Les trois complices s'enfuirent en pleine nuit, direction le XIXᵉ arrondissement.

✳

Rose-Marie fut réveillée en sursaut par son téléphone portable. Elle s'était endormie profondément et mit du temps à réaliser où elle était et pourquoi l'alarme sonnait. Elle finit par se lever du canapé et alla s'asperger de l'eau fraîche sur le visage dans la salle de bains, histoire de reprendre ses esprits et de calmer son début de migraine. Elle se maudit une fois de plus d'avoir cédé si facilement à son fils.

Dehors, la pluie s'était calmée, mais la chaussée était encore détrempée. Elle enfila son manteau fourré et se dirigea dans le garage. Quand elle mit le moteur de la petite Volkswagen de son fils en route, elle se rendit compte qu'elle avait oublié de prendre le GPS et qu'elle avait laissé son téléphone sur la table basse. Elle retourna à la maison pour réparer ses oublis et programma l'appareil sur l'adresse de Devon en choisissant l'option «routes secondaires», ce qui devait lui permettre de ne pas croiser trop de gendarmes sur le chemin. On ne sait jamais, si en plus elle écopait d'une amende et d'un retrait de permis à cause de ce qu'elle avait bu ce soir! Elle enclencha le bouton d'ouverture automatique de la porte du garage en cherchant comment régler les essuie-glaces et démarra en douceur, un œil sur le GPS et l'autre sur la route.

L'appareil indiquait une heure trente-huit et cela faisait peut-être quinze minutes qu'elle roulait, quand son téléphone portable se mit à sonner.

— Merde, merde et merde!

De la main droite, elle chercha à tâtons au fond de son sac, les yeux rivés sur la route. Elle attrapa quelque chose qui ressemblait à son téléphone, jeta rapidement un coup d'œil sur l'objet. C'était sa palette de fard à paupières. Elle la replaça dans le sac et poursuivit sa recherche à l'aveugle. À l'instant où elle saisissait son téléphone, celui-ci bipa pour lui annoncer que son correspondant venait de lui laisser un message vocal.

C'était quoi, déjà, ce code à la con pour la messagerie ?

C'est alors qu'elle crut entrevoir quelque chose sur la route, juste devant elle. Brusquement, elle lâcha son portable et fit une embardée, les pneus crissèrent sur le bitume et elle sentit le véhicule déraper sur la chaussée glissante. Elle freina et regarda dans son rétroviseur : c'était un gamin sur un vélo. Un putain de gosse, en pleine nuit, tous feux éteints.

Qu'est-ce qu'il fout là, ce petit con ? J'ai bien failli l'écraser ! Si j'avais le temps, je m'arrêterais bien sur le bas-côté pour aller lui remonter les bretelles et le ramener chez lui. J'en profiterais pour passer un savon à ses parents. Des irresponsables, ceux-là ! Laisser un gosse sortir comme ça !

Rose-Marie ne décolérait pas en regardant la petite tache qui s'éloignait dans son rétroviseur, alors qu'elle reprenait son chemin.

Elle jeta un dernier regard appuyé dans le rétro pour constater que le gamin n'y apparaissait plus.

Elle en conclut qu'il avait dû avoir une bonne frayeur lui aussi et s'était certainement arrêté sur le bas-côté de la route. C'est à cet instant très exactement qu'elle sentit un choc sur le côté droit de la voiture, accompagné d'un bruit sourd. Elle sentit que les roues du véhicule passaient sur une sorte de bosse et en descendaient lourdement. Les amortisseurs grincèrent. Elle pila quelques mètres après ce choc, encore abasourdie. *C'était quoi, ça ?* Elle aurait été bien incapable de le dire : quand cela s'était produit, elle regardait dans son rétroviseur.

Avec le bol que j'ai, j'ai dû écraser un chien ou un chat. Rose-Marie mit ses feux de détresse et descendit de la voiture pour constater les dégâts. L'aile droite légèrement enfoncée, le phare avant fêlé et le pare-chocs fendillé sur l'angle droit. *Eh bien, j'ai pas raté mon coup ! C'est Max qui va être content !* Rose-Marie se retourna pour voir quelle bête elle avait pu heurter. Elle hésita un instant. Et si l'animal n'était pas mort sur le coup ? Peut-être qu'elle pourrait l'emmener chez le véto. *C'est ça... un dimanche, en pleine nuit, la clinique vétérinaire est fermée, à coup sûr. Il doit bien y avoir des urgences, mais si c'est pour payer le prix fort... Et puis si ça se trouve, c'est une bête sauvage. Un renard ? S'il est blessé, il risque d'être agressif et de me mordre.* Tout en se parlant à elle-même, elle regarda en direction du choc et crut entrevoir quelque chose qui brillait sur le bas-côté. Son cœur commença à battre de plus en plus fort. *Et si… et si ce n'est pas une bête? Et si c'était…* Son souffle se fit court et ses jambes se dérobaient sous elle. Elle essaya de scruter au loin, en vain. Elle se retrouvait là, au milieu d'une petite départementale à peine éclairée où pas un chat ne traînait dehors. Les bas-côtés étaient couverts d'herbe et donnaient sur ce qui semblait être un fossé. Une pluie fine continuait de tomber et un frisson parcourut son dos. Rose-Marie avança doucement en direction de l'objet scintillant. À dix pas de lui, elle commença à discerner une forme. Elle se rapprocha encore afin d'en être vraiment sûre. C'était bien cela. Il s'agissait d'un morceau de plastique, certainement un bout de phare. Mais sa taille ne correspondait pas à celui d'une voiture. C'est là que son regard se porta vers le fossé. Les restes d'une bicyclette gisaient. La roue arrière était complètement pliée et le cardan brisé en deux, la selle avait disparu, quant au guidon, l'une des poignées était enfoncée dans la terre boueuse et l'autre était pliée en angle droit. Ce qui marqua plus particulièrement Rose-Marie, c'était que la roue avant, surélevée par rapport au reste de la carcasse, roulait encore sur elle-même. *Mais… je ne*

comprends pas, je l'ai pourtant évité, tout à l'heure.
C'est pas possible!

Rose-Marie sursauta et blêmit lorsqu'un léger gémissement lui parvint. Elle s'approcha, tremblante, découvrit un petit bras ensanglanté et souleva les feuilles qui cachaient le haut du buste. Un visage enfantin apparut, déformé par le choc, les yeux gonflés. Un nouveau gémissement émana du petit corps inerte, désarticulé, allongé là sous ses yeux dans une position improbable. Rose-Marie se sentit nauséeuse. Que devait-elle faire? Voir ce petit bonhomme en train de souffrir et de se vider de son sang lui retourna les tripes. Elle sentit la bile remonter le long de son œsophage et plaqua sa main sur sa bouche pour ne pas vomir. Il fallait qu'elle appelle le SAMU. Il fallait lui venir en aide. Mais savoir, imaginer, penser que tout ça, c'était à cause d'elle lui était insupportable. Il y aurait une enquête, la police allait la faire souffler dans le ballon et ils verraient bien qu'elle avait pris le volant sous l'emprise de l'alcool. Elle serait condamnée, à coup sûr. De la prison ferme, c'était certain. Et si le gosse ne s'en sortait pas... que penseraient ses enfants? Son mari? Leurs amis? Elle allait tout perdre, tout! Leur amour, leur respect. Elle allait tous les perdre. Ils ne le lui pardonneraient jamais. Pour une demi-seconde d'inattention, pour un accident si bête, parce qu'elle avait dit oui à Max, parce que Pierre, une fois de plus, n'avait pensé qu'à lui, parce qu'elle aimait ses enfants plus que tout au monde. Elle n'avait pas le droit de leur faire ça. Elle regarda une dernière fois le petit visage moribond et tourna les talons en direction de la voiture. En pressant le pas, cette fois. Elle arriva à côté de la portière, l'ouvrit rapidement, s'installa au volant et avant même d'avoir le temps d'y réfléchir, démarra et poursuivit sa route, le regard fixé sur le rétroviseur. Au loin, il lui sembla entrevoir le cycliste qu'elle avait dépassé quelques minutes plus tôt. Elle accéléra. *Tout ceci n'est qu'un mauvais rêve et je vais me réveiller dans mon lit comme si rien ne s'était passé. Il ne s'est rien passé. Tout est dans ma tête, j'ai tout imaginé.*

*

Bilal commençait à bâiller lourdement et sentait ses yeux le piquer quand il annonça à ses amis qu'il devait rentrer chez lui avant que quelqu'un ne s'aperçoive de sa disparition. Il avait passé la soirée à jouer aux jeux vidéo de l'arcade, tous frais payés par l'oncle d'Enzo et, pour son plus grand plaisir, avait largement surpassé ses deux camarades sur presque toutes les parties qu'ils avaient jouées. Si cela avait épaté Matéo, on voyait qu'Enzo, lui, était plutôt piqué au vif, car il s'était fait «battre» sur son propre territoire... Ce dernier avait répondu qu'il resterait avec son oncle jusqu'à la fermeture. Matéo lui aussi épuisé et appréhendant un peu les quinze kilomètres à parcourir à vélo pour rentrer chez lui, avait proposé de lui emboîter le pas et ils avaient donc décidé de faire la route tous les deux, bien que Bilal ne fût pas vraiment ravi de se coltiner Matéo «le lourdaud», toujours à la traîne sur son vélo. Avec ses quelques kilos en trop, le garçon s'essoufflait plus vite que ses camarades et on devait toujours faire des pauses pour l'attendre. Mais bon, comme ils n'habitaient pas loin l'un de l'autre, autant faire la route ensemble. Ils enfourchèrent leurs montures et entamèrent leur périple.

Au bout d'un quart d'heure, Matéo était déjà loin derrière. Bilal s'arrêta sur le trottoir histoire de l'attendre. Quand le retardataire arriva enfin, son compagnon lui annonça :

— Bon, faut rouler un peu plus vite, maintenant, sinon on y sera encore demain matin.

Son pauvre camarade ne put répondre tellement il était à bout de souffle. Bilal remonta sur son vélo, se retourna vers lui et lui lança :

— Allez, je continue. Je t'attendrai plus loin, à côté du parking de la gare, pour qu'on finisse le trajet ensemble. Ça te va ?

— Ouuuiii… À tout'…

Bilal reprit la route et lança un dernier regard vers son copain, qui était descendu de son vélo et s'appuyait sur sa selle pour reprendre quelques forces. La chaussée était un peu glissante à cause de la pluie. Le jeune adolescent décida de ralentir son allure afin de ne pas déraper et finir dans le fossé. Surtout qu'il lui fallait attendre l'autre lourdaud, alors, ce n'était pas la peine de se presser. Sur le chemin, il ne croisa presque aucune voiture. Il y avait bien quelques piétons un peu éméchés sur le trottoir aux abords des bars, mais depuis qu'il s'était engagé sur cette petite route – dernière grande ligne droite avant le point de ralliement fixé avec Matéo –, l'obscurité s'était épaissie. Il était perdu dans ses pensées, en train d'imaginer ce qu'il pourrait proposer à ses nouveaux amis pour leur prochaine sortie, quand il entendit une voiture arriver au loin, derrière lui. Au bruit, il devina qu'elle roulait un peu vite et se rapprochait rapidement de lui. Il voulut se retourner pour apercevoir le véhicule, mais n'eut pas le temps de le faire. Il sentit une énorme secousse, semblable à un tremblement de terre, et une terrible douleur qui lui monta des jambes vers la nuque. Puis sa vue se brouilla au moment où il se sentit s'élever dans les airs, avant que sa tête ne vienne heurter lourdement le sol. Il perçut des bruits de craquements et commença à sentir le goût du sang dans sa bouche. C'est à ce moment-là qu'une douce chaleur l'envahit, que les douleurs disparurent et qu'il se laissa emporter par le sommeil.

Quelques instants plus tôt, Matéo, qui s'était fait distancer, pestait sur ce nouveau « copain », le p'tit génie, aussi doué en maths qu'en massacre d'aliens, mais vraiment pas cool de le laisser suer loin derrière lui. Il lui revaudrait ça d'une façon ou d'une autre. Il venait d'éviter de justesse une voiture qui semblait foncer sur lui et s'était accordé une nouvelle pause pour se remettre de ses émotions.

*

Aziz rentra chez lui. L'appartement était calme et plongé dans l'obscurité. Il rentrait rarement aussi tôt de ses virées nocturnes mais là, la soirée avait été un véritable calvaire et il n'avait aucune envie de traîner dans les bars. Avant de rejoindre sa chambre, il s'arrêta devant la porte de son petit frère, l'entrouvrit et jeta un œil à l'intérieur. Bilal était dans son lit, couvert de la tête aux pieds par sa couette. Aziz eut un petit sourire en coin. Il irait loin, ce môme. *De toute la famille, c'est bien le seul qui pourrait s'en sortir fièrement, encore faut-il que je surveille ses fréquentations et que je lui donne tous les moyens dont il aura besoin pour gravir les échelons et arriver au top*, se dit Aziz. Il referma doucement la porte, alla dans sa chambre et se jeta dans son lit tout habillé avant de plonger dans un profond sommeil.

*

Rose-Marie serrait fermement le volant entre ses mains, des larmes coulaient sur ses joues. Elle monta le son de l'autoradio. Son téléphone se mit alors à vibrer à nouveau pour lui rappeler qu'elle n'avait toujours pas écouté son message. Arrivée à une intersection, à quelques rues de chez Devon, elle se gara le long du trottoir et fouilla le sol côté passager afin de retrouver le téléphone, qui lui avait échappé des mains quelques minutes plus tôt. Elle baissa la radio, composa le numéro du répondeur et mit l'appareil sur haut-parleur.

« *Vous avez un nouveau message. Message reçu le 19 octobre à une heure trente-huit. Salut m'man, C'est Max. Écoute, j'espère que j'appelle pas trop tard, mais j'ai trouvé une solution pour ce soir. C'est une longue histoire, mais pour résumer, Devon vient de se faire larguer, il a pas le moral et m'a demandé de rester dormir chez lui cette nuit. Alors, c'est pas la peine de venir me chercher, je rentrerai demain en RER pour le déjeuner. Allez, bisous et à demain.* »

Rose-Marie réécouta le message, puis reposa le téléphone dans son sac à main. Elle regarda au loin et commença à réfléchir. Finalement, c'était mieux comme ça. Elle enclencha la première et entreprit un demi-tour après avoir reprogrammé le GPS en direction du domicile, via les voies rapides, cette fois. Le temps de trajet retour était estimé à environ dix-huit minutes. Il était hors de question qu'elle repasse sur cette départementale. *Il ne s'est rien passé ce soir. Quand j'ai eu le message, je venais de quitter la maison. Je n'ai jamais emprunté cette route et jamais plus je n'y retournerai,* ne cessait de ressasser Rose-Marie.

Le chemin du retour lui parut interminable. Quand elle arriva enfin devant la porte du garage, elle se rappela soudain que la voiture avait des stigmates de cet évènement « qui ne s'était jamais produit ». Comment pourrait-elle le justifier le lendemain matin ? Elle eut soudain un éclair de génie. Elle attendit que la porte automatique fût bien ouverte. Comme elle s'y attendait, la voiture de Pierre n'était pas là, il n'était donc pas encore rentré. En avançant la voiture dans le garage, elle donna volontairement un coup de volant vers la droite, un bruit de tôle froissée et de verre cassé se fit entendre lorsque la voiture cogna l'un des piliers en béton. Elle fit une petite marche arrière, remit la voiture droite et la rangea au fond du garage. Voilà qui expliquerait la tôle froissée et tant pis pour les critiques sur sa façon de conduire... pour l'heure, c'était la moindre de ses préoccupations. Rose-Marie monta directement dans sa chambre, enfila rapidement sa chemise de nuit et se blottit au fond de son lit. Elle se mit à pleurer en silence, le cœur serré et le souffle court. Elle s'endormit ainsi, la culpabilité au ventre et l'esprit occupé à réinventer tout le déroulement de sa soirée.

5

Rose-Marie se réveilla brusquement, en nage. Le bruit sourd du choc sur la voiture avait résonné toute la nuit dans son esprit. Elle s'était éveillée puis endormie des dizaines de fois avec, en tête, un nouveau scénario de cette soirée à chaque fois. Mais ce bruit la hantait et revenait systématiquement contrarier ses plans. Elle se retourna vers la table de nuit. Son réveil indiquait sept heures trente. Pierre n'avait pas regagné le lit conjugal, comme c'était souvent le cas après ses soirées poker. Il lui arrivait de rentrer au petit matin et il préférait aller s'allonger dans la chambre de Florence pour pouvoir être tranquille.

Elle se leva, courbatue de partout, une vive douleur aux tempes. *Une bonne migraine qui commence*, se dit-elle en se massant le crâne. Elle enfila rapidement un jean et l'un de ses vieux pulls trop larges pour elle, puis descendit dans la cuisine. Avec un café bien serré, elle se servit un verre d'eau dans lequel elle fit dissoudre un cachet de paracétamol, qu'elle but d'un trait. En regardant par la fenêtre, elle remarqua que la pluie de la veille avait laissé place à une belle matinée ensoleillée. Rose-Marie s'installa dans le salon avec son café et alluma le téléviseur. Les infos régionales. Elle voulait savoir si le petit avait été retrouvé, apprendre qu'on l'avait emmené à l'hôpital et qu'il était en train de se remettre de ses égratignures. Parce que si ce dont elle se souvenait était exact, elle ne roulait pas vite et le petit avait fait une simple chute. Il lui avait fait un petit signe de la main pour lui dire que tout allait bien et il était remonté sur son vélo avant de repartir. Voilà ce qui s'était réellement passé. Mais alors, qu'attendait-elle exactement devant son écran de télévision? Aux infos, on ne parle pas des gamins qui tombent de leur vélo! D'ailleurs, le journal du jour ne parlait que du dernier scandale politique en date. Un de plus. Et rien d'autre. Elle secoua la tête et changea de chaîne. Sa migraine commençait à s'estomper.

*

Il était neuf heures quand Fatima débarqua en trombe dans la chambre d'Aziz, affolée.

— Aziz! Réveille-toi. Ton frère a disparu!

— Quoi… ? fit celui-ci, encore endormi.

— Bilal. Il n'est pas dans sa chambre. Je ne sais pas où il est. Réveille-toi, je te dis !

Le jeune homme se redressa sur son lit.

— Je sais pas, moi, il est peut-être devant la télé ou aux toilettes. Pourquoi tu cries comme ça de bonne heure ?

— Tu m'écoutes pas ! Je te dis qu'il a disparu. J'ai cherché partout dans l'appartement. Il est pas là et je sais pas où il est !

— Il est peut-être sorti jouer avec des copains, ce matin.

— Non, il ne s'est pas levé. Je suis debout depuis six heures et il ne s'est jamais réveillé. Alors, je suis allée dans sa chambre pour voir si tout allait bien et quand j'ai levé sa couverture, il n'était pas là !

À cet instant, Aziz se rappela être passé cette nuit dans la chambre de son petit frère. Il avait vu la couette gonflée et avait pensé que Bilal dormait dessous, mais n'était pas allé vérifier. Et si ce petit con avait décidé de faire le mur et de découcher sans avertir qui que ce soit ? *Ça va chauffer pour lui quand il va rentrer !* Aziz sauta de son lit et attrapa son téléphone.

— Bon, t'inquiète pas, maman, je vais appeler tous mes potes et leur demander s'ils ont pas vu Bilal.

— Je suis pas tranquille, Aziz. Et s'il était arrivé quelque chose de grave ?

— Y'a pas de quoi s'inquiéter. C'est de son âge de faire des conneries.

— Pas mon petit Bilal. Lui, il est sage et il voudrait pas me faire de la peine. Aziz, appelle la police et les hôpitaux. Moi, je vais appeler tes sœurs pour savoir si elles savent où il est.

— Allez, ne t'inquiète pas, m'man, on va le retrouver, ton Bilal…

Et quand ça sera le cas, je vais lui en coller une qu'il va se rappeler un bon bout de temps.

Ce n'est qu'aux alentours d'onze heures qu'Aziz reçut un appel de la gendarmerie lui annonçant qu'un adolescent correspondant à la description de Bilal avait été retrouvé plus tôt dans la matinée. L'enfant avait été emmené d'urgence à l'hôpital dans un état grave à la suite de ce qui semblait être un accident de la route. Il devait se rendre rapidement sur place afin d'identifier la jeune victime, qui n'avait pas de pièce d'identité sur elle. Aziz n'en parla pas à sa mère pour ne pas l'inquiéter davantage. Il inventa une excuse pour s'absenter, la laissant en pleurs avec ses sœurs qui étaient venues en renfort au domicile familial. À l'hôpital, on ne lui montra qu'une photo du garçon, qui était actuellement entre les mains du chirurgien. Aziz eut le souffle coupé et la gorge serrée quand il reconnut son petit frère, presque méconnaissable, le visage gonflé d'hématomes. Mais pas d'erreur possible. On entrevoyait son grain de beauté sur sa tempe droite, signe on ne peut plus distinctif ne laissant aucun doute à Aziz. Il devint livide et sentit la rage l'envahir. Et la peur, pour la première fois de sa vie. La peur de perdre ce petit être si cher, la peur de devoir annoncer à sa mère où se trouvait Bilal, la peur, pour la toute première fois de sa vie, de ne pas pouvoir maîtriser les choses et de devoir les subir, en attendant de savoir si son petit frère s'en sortirait.

*

Il était presque midi. Nick était affairé à ranger son maigre baluchon. Il avait réservé son billet de train pour Paris. Un train de nuit. Départ prévu ce soir un peu avant vingt-deux heures pour une arrivée à huit heures le lendemain. Cela lui laisserait le temps de voir Ben pour les détails techniques du contrat avant de rejoindre sa chambre d'hôtel au Centurion.

Afin de passer le temps sur cette longue journée qui devrait marquer, d'une façon ou d'une autre, son changement de vie, Nick ouvrit la bouteille de whisky vingt ans d'âge qu'il gardait cachée dans le fond de l'armoire. Il se servit un verre, qu'il commença à siroter en laissant son esprit divaguer. D'après la discussion qu'il avait eue la veille au soir avec Mario, son pactole devait s'élever à environ un demi-million d'euros. Cela représentait une véritable fortune au Mexique. De quoi vivre heureux à deux sous les cocotiers pendant quelques années. Peut-être même toute une vie. Et si tout recommençait comme il l'avait toujours rêvé? Ils auraient un enfant, peut-être même deux. Deux bambins tout blonds et tout bronzés dont les seules préoccupations seraient d'occuper leurs journées à jouer avec leurs copains et d'aller nager dans l'océan, pendant que leurs parents passeraient leur vie au lit, à rattraper toutes ces longues années perdues. Sa version du bonheur conjugal. De l'argent, des rires d'enfants et du sexe. Ce dont il avait toujours manqué. L'argent, il en avait, mais n'y touchait pas. Le sexe, c'était exceptionnel et purgatif. Quant aux enfants, il les rêvait depuis si longtemps qu'il pouvait s'imaginer leurs visages, leurs prénoms et même leur odeur.

Lorsque Nick en fut à son troisième verre, sa montre indiquait quinze heures. Il n'avait pas voulu sortir déjeuner, son repas de la veille au Venezia n'étant pas encore totalement digéré. Il s'allongea sur le lit et alluma la télé, la chaîne d'infos, comme d'habitude. Son attention fut attirée par un triste fait divers : un délit de fuite. Les faits s'étaient déroulés en région parisienne. Un véhicule avait renversé un gamin en pleine nuit et l'avait laissé agonisant sur le bas-côté de la route. L'enfant avait été retrouvé au petit matin par des promeneurs. Les secours étaient intervenus rapidement, mais la petite victime était actuellement entre la vie et la mort. Un appel à témoin avait été lancé par la police afin de trouver quiconque aurait des informations concernant le véhicule ou son conducteur. À l'écran, les journalistes filmaient l'immeuble où vivait l'enfant. Puis, devant l'hôpital, une image furtive de sa mère en larmes, soutenue par d'autres femmes. Page de publicité. Nick songea à sa propre réaction si quelqu'un venait à toucher ne serait-ce qu'un cheveu de ses enfants fictifs. Il imaginait facilement que son côté noir resurgirait et que la vengeance serait son seul et unique but. Comment pouvait-on laisser crever un gosse dans le fossé et reprendre la route comme si de rien n'était ? Lui qui, pourtant, avait l'habitude de la mort ne pouvait l'admettre et il s'était d'ailleurs toujours refusé à accepter un contrat concernant un mineur.

Il se resservit un verre, zappa sur une autre chaîne plus divertissante et attendit que s'égrènent les heures le séparant de son nouveau départ.

*

Ce n'est qu'en début d'après-midi que Rose-Marie découvrit l'horreur de son cauchemar prendre vie lorsque le présentateur du journal télévisé glissa, entre deux autres informations sans intérêt, le nouveau fait divers qui endeuillait la cité : le drame du petit Bilal, retrouvé le matin même par deux promeneurs sur la route qu'elle avait empruntée la nuit précédente ; le gamin avait été renversé par une voiture. Sa famille était à son chevet à l'hôpital Bichat. Des images montraient, au loin, une mère en larmes assise dans un couloir froid où s'affairaient des blouses blanches. Un appel à témoin était lancé pour essayer de retrouver le propriétaire du véhicule responsable de l'accident, recherché pour délit de fuite.

Mille images traversèrent l'esprit de Rose-Marie durant ces quelques minutes. Son cœur battait à tout rompre. Son souffle se coupait. Elle sentit le rouge lui monter aux joues. Les mots lui revenaient à l'esprit et faisaient écho à sa culpabilité : « coma », «entre la vie et la mort», «recherché», «délit de fuite». Comment se pouvait-il qu'elle soit la cause d'une telle chose? Elle qui n'avait jamais commis une seule petite infraction de toute sa vie. Elle qui rêvait de justice, qui s'était consacrée à faire le bien autour d'elle. Pourquoi? Elle ne vit pas arriver Pierre dans la cuisine, émergeant tout juste de sa longue nuit de poker, fortement arrosée, comme l'indiquait son haleine chargée.

— Je meurs de faim. Il y a quelque chose à se mettre sous la dent? demanda-t-il d'un ton étonnamment doux.

Rose-Marie tenta aussitôt de se ressaisir afin de ne rien laisser paraître de la culpabilité qu'elle pensait inscrite sur son visage.

— Euh, j'ai fait une omelette et une salade. Je n'ai pas très faim, ne m'attends pas pour manger.

Elle se retourna pour disposer une assiette et des couverts sur la table.

— Et ta soirée? Elle s'est bien passée?

— Pas mal, j'ai gagné quelques parties. Je ne les ai pas plumés, mais pas loin. Même Jacques, le roi du *bluff*, n'a pas réussi à me la faire, cette fois. Et Maxime? Il dort encore?

— Max? Euh, non, enfin, je ne sais pas. Il m'a rappelée hier soir pour me dire qu'il restait dormir chez son copain, finalement. Il ne va pas tarder à rentrer, je pense.

— Je vois. Du coup, on n'est que tous les deux…

Pierre commença à passer sa main sur les fesses de Rose-Marie, qui se cambra soudainement. Non, pas maintenant, pas comme ça, elle ne pouvait pas s'abandonner sachant ce qui s'était passé.

— Je ne sais pas, il va rentrer d'une minute à l'autre. C'est pas vraiment le moment.

— C'est jamais le bon moment avec toi!

Pierre se rapprocha de son épouse, l'empoigna par la taille et se pressa contre elle. Rose-Marie se retrouvait coincée contre le plan de travail de la cuisine. Pas d'échappatoire. Elle n'avait pas le courage de se débattre, de trouver l'excuse qui lui permettrait de se dérober, une fois de plus, à son devoir conjugal. Elle finit par céder, un peu à contrecœur. Elle tenta de l'emmener vers le salon, mais il résista et la prit là sans plus de ménagement. Ce n'est pas comme ça qu'elle aimait. Pas de cette façon si peu conventionnelle où elle se sentait un simple objet soumis aux désirs sexuels de son mari. Mais elle savait qu'en lui cédant, il n'aurait pas à aller chercher une autre compagnie, comme il avait pu le faire, et surtout, elle savait que l'atmosphère au sein de la maison serait plus détendue pour le reste de la journée. Quand

Pierre eut fini, Rose-Marie sortit de la cuisine et se dirigea vers la salle de bains. Elle prit une douche interminable en sanglotant sur sa faiblesse et tout ce que représentait sa vie.

Après un long moment, elle partit se réfugier dans son lit et laissa filer ainsi le reste de cette journée. Elle entendait parfois les pas de Pierre dans le couloir, des voix parler un peu plus loin, il lui sembla reconnaître celle de Max, qui avait dû rentrer de chez son ami, et elle continua d'espérer que tout redeviendrait normal, le lendemain.

*

Aziz avait tenté, à plusieurs reprises au cours de la journée, de repousser les journalistes des différentes chaînes d'info qui cherchaient à obtenir un témoignage de la famille du «gamin laissé pour mort dans le fossé». Ses sœurs, Yasmina et Leïla, étaient accourues avec leur mère dès qu'il les avait appelées pour leur annoncer la nouvelle. Toute la famille était réunie dans la salle d'attente de l'hôpital, où le petit Bilal avait été conduit en urgence en salle d'opération afin d'essayer de stopper une hémorragie intracrânienne qui faisait pression sur son lobe frontal. Les médecins ne semblaient pas optimistes et commençaient à expliquer les risques – handicap à vie, longue période de rééducation –, tout en essayant de rassurer les Benzami sur le fait que Bilal était encore jeune et solide, et que le corps avait parfois des ressources insoupçonnées.

Les policiers étaient venus à plusieurs reprises pour prendre des informations sur la famille, des nouvelles du petit et retracer l'emploi du temps de chacun. Ils essayaient de reconstituer la soirée du gamin, tout en étayant leurs propos de rappels sur l'éducation des enfants qui n'ont rien à faire dehors seuls en pleine nuit. Ces reproches à demi cachés ne firent que rajouter un fardeau à la douleur de Fatima, qui jurait de tout son être que son bébé était un bon garçon et ne sortait jamais la nuit. Jamais. Excepté cette seule et unique fois. Aziz avait compris que son petit frère avait fait le mur en voyant que son sac à dos et son vélo avaient disparu lorsqu'il l'avait cherché le matin même à la demande de sa mère affolée. L'instinct maternel, certainement. Fatima avait su, à la seconde où elle avait trouvé le lit vide, qu'il s'était produit quelque chose de grave. Les policiers avaient commencé à donner leurs premières pistes : après avoir fait un tour au collège, ils avaient obtenu les noms et le témoignage de deux autres enfants avec qui Bilal avait fait une escapade durant la nuit, mais les deux gosses n'étaient au courant de rien car ils étaient repartis chacun de leur côté à la fin de la soirée. Aziz ne connaissait pas ces gamins et pour cause, son frère n'avait jamais eu de copains, ni à l'école ni à l'extérieur de l'école. Trop solitaire. Il lui faudrait leur parler, à ces deux-là, dès que Bilal irait mieux.

Vers seize heures, Aziz sortit de l'hôpital et s'installa sur le parking. Il passa deux coups de fil : le premier à la prison pour informer Mehdi de la situation et le second à Gaspard pour lui dire qu'il ne serait pas disponible pendant quelque temps. Mehdi ne dit rien, pas un mot, son silence transpirait la culpabilité de ne pas pouvoir être présent auprès des siens pour les soutenir dans ces moments difficiles. Gaspard, quant à lui, lui présenta ses condoléances, enterrant Bilal avant l'heure et assurant Aziz de son soutien sans faille quelle que soit l'issue de cette histoire.

Bilal mourut à dix-sept heures douze sur la table d'opération. La nouvelle fut diffusée le soir même sur toutes les chaînes avec un message du préfet de police demandant à toute personne susceptible d'avoir des informations pouvant permettre d'identifier le conducteur du véhicule de bien vouloir se faire connaître. Désormais, ce dernier était recherché pour homicide involontaire.

*

Nick arriva à huit heures en gare de Lyon. Il avait reçu un message de Ben lui donnant rendez-vous à dix heures au café de la gare. Cela lui laissait suffisamment de temps pour s'arrêter dans la première agence venue et y louer un véhicule le temps de son séjour à Paris. Il avait choisi une petite C4 gris clair passe-partout. Il s'installa à une table du café, à l'écart, et commanda un *cappuccino* et deux croissants en attendant l'arrivée de Ben.

— Bonjour, Nick.

— Alors, enfin de retour à Paname ? Tu as décidé de revenir à la capitale ?

— Pour le boulot, Ben. Juste pour le boulot.

— Je vois. Alors, parlons affaire. Commençons par le côté technique. Il semble, d'après mes contacts, que les flics s'intéressent à ma vie active. Donc, j'ai sécurisé mes échanges téléphoniques. Tu as pu le remarquer, je crois ?

Nick opina.

— Donc, je te contacterai. Ne cherche pas à me joindre, je ne décroche jamais. C'est moi qui appelle. OK?

— C'est bon pour moi.

— Alors, voilà notre affaire.

Ben tendit une enveloppe.

— Le gars s'appelle Frederico Marioni, tu as une photo dans l'enveloppe et son adresse. Ce type, il commence à emmerder son patron, qui a donc décidé de rompre le contrat de façon définitive. Par contre, pas de dommages collatéraux à prévoir. Le type a ses habitudes dans plusieurs boîtes de nuit de Paname. D'après les infos qu'on m'a transmises, il doit se rendre au Lotus bleu cette nuit. Alors, pour résumer : tu l'identifies à la sortie de la boîte, tu le refroidis cette nuit, avec un petit message de la part de son patron, comme indiqué au dos de la photo. Voilà pour le *job*. Je te rappelle demain soir vers dix-neuf heures pour faire le point. Si tout s'est passé comme prévu, il y a vingt mille pour toi. Des questions?

Nick prit l'enveloppe, la fourra dans son veston, sortit un billet de dix euros pour régler sa note, puis se leva de table.

— Pas de questions. Juste une remarque, Ben. Après ce coup-là, je raccroche. Tu oublies mon nom et mon existence.

— Non, je le crois pas ! Le grand Nick a décidé de prendre sa retraite ! Tu es un peu jeune pour ça, non ?

— Je suis toujours en vie, et je compte bien le rester encore quelques années. À partir de la semaine prochaine, je commence ma seconde vie. À demain, Ben.

— À demain.

Nick se mit au volant de sa voiture, ouvrit l'enveloppe et examina attentivement son contenu. Il prévoyait de passer la journée à faire ses repérages afin de pouvoir conclure son affaire comme prévu au contrat.

*

Rose-Marie put constater, à regret, que malgré ses plus profonds espoirs, les évènements de l'avant-veille s'étaient bel et bien produits. Les journaux avaient annoncé la mort du petit Bilal la veille au soir. Les images de la mère en pleurs étaient sur tous les écrans et faisaient la une des quotidiens. Cette réalité la rattrapa aussi ce matin, quand Max revint du garage en trombe, après avoir constaté les dégâts sur sa Volkswagen : le phare avant droit cassé et des éraflures sur toute l'aile droite et le pare-chocs. Il demanda, énervé, des explications. Rose-Marie s'empressa de lui réciter son excuse imaginaire sur le déroulement de la soirée, à laquelle elle avait mûrement réfléchi.

— Oui, Max, j'ai oublié de te le dire, mais l'autre soir, quand je devais aller te chercher, je venais de monter dans la voiture quand tu as appelé. J'ai donc dû faire demi-tour et pour remettre ta voiture dans le garage, je ne sais pas, je devais être fatiguée ou un peu énervée que tu m'avertisses comme ça à la dernière minute, alors, j'ai tapé maladroitement dans le mur en manœuvrant. Mais ce n'est pas très grave, ça se répare facilement ; je te promets de te rembourser tous les frais de remise en état.

— Tu aurais au moins pu me le dire quand je suis rentré hier !

— C'est vrai, mais ça m'était complètement sorti de la tête. Écoute, je te propose quelque chose. Je dois aller récupérer ma voiture chez le garagiste demain à dix heures. Si tu veux, tu m'accompagnes avec la tienne, on leur demande un devis et on prend rendez-vous, comme ça, tu pourras en profiter pour faire la révision complète. Ça te va ?

— OK. Ça m'arrange pas forcément, mais je peux sécher les cours du matin et t'accompagner chez ton garagiste. Par contre, on est bien d'accord que c'est toi qui payeras la note, hein ?

— Mais oui, mon coco, après tout, c'est un peu ma faute, ce qui s'est passé.

L'affaire avait été ainsi conclue. L'explication tenait donc la route. Même Pierre n'avait pas relevé et n'avait fait aucun commentaire sur sa façon de conduire et pourtant, Dieu seul sait combien de fois il la lui avait reprochée. Tous deux avaient quitté la maison pour leurs activités respectives après quelques échanges sans intérêt sur la météo du jour et le trafic routier du matin. Rose-Marie se persuada que son explication était tellement réaliste que peut-être, en y croyant bien fort, elle deviendrait la vérité absolue sur ce qui s'était vraiment produit cette nuit-là.

Le petit garçon avait certainement été renversé par un autre chauffard ivre, comme semblaient le penser les médias. Peut-être avait-elle imaginé ce qui s'était déroulé en s'endormant sur le canapé, la télé allumée. Elle avait dû se projeter dans un quelconque téléfilm mélodramatique qui parlait d'un accident de la route. Voilà la seule et unique explication à tout cela. Puis elle comprit. Elle comprit que seuls les coupables se cherchaient des excuses, des contre-vérités, se mentaient à eux-mêmes plus encore qu'à leur entourage. Elle comprit que sa vie ne serait plus jamais la même, désormais.

*

La famille, les voisins, les amis des Benzami défilèrent à tour de rôle dans le petit appartement familial pour présenter leurs condoléances. Ce fut un ballet incessant d'allées et venues, de pleurs, de mots assassins à destination du responsable, de promesses de soutien. Même Gaspard avait fait le déplacement en personne pour apporter son réconfort et glisser une petite enveloppe dans les mains de Fatima en lui disant que cela l'aiderait à organiser de belles funérailles pour le petit ange. Celle-ci se souvenait vaguement de lui. C'était l'un des amis de son fils aîné, à l'époque où toute sa famille vivait heureuse sous le même toit. Elle s'étonna qu'il soit aussi généreux alors qu'elle ne l'avait plus jamais revu depuis l'incarcération de Mehdi, mais ces considérations étaient trop éloignées de son esprit embrumé par le chagrin. Elle prit machinalement l'enveloppe sans un mot et la déposa sur le buffet de l'entrée, puis s'en retourna vers le salon, où ses filles s'occupaient des convives en leur offrant du thé fumant.

Aziz, accoudé à la porte de la chambre de son petit frère, fit un léger signe de tête à Gaspard en signe de remerciement, puis alla s'enfermer dans sa chambre. Il n'était pas d'humeur à endurer tout ce cirque.

Il s'assit sur son lit, serra les poings si fort que ses ongles écorchèrent la paume de ses mains. Dans sa tête, mille images fusaient. Des yeux malicieux de son petit frère à jamais fermés à la lourde porte du pénitencier dans lequel Mehdi croupissait. Il commençait à perdre la maîtrise de sa vie. Tout tournait autour de lui. Il revit le visage tuméfié de Bilal, les yeux rougis de sa mère, son impuissance face à tous ces évènements. La nausée lui monta à la gorge ; il vomit toute la bile qui remplissait son estomac depuis ces deux jours où le destin avait frappé sa famille. C'était la fin d'un temps, bien plus que la fin de la vie d'un petit bonhomme. C'était la fin du temps où Aziz laissait les choses arriver. Il retrouverait l'assassin de son petit frère et le tuerait. Il reprendrait ce qui lui appartenait et piloterait enfin sa vie comme aurait pu le faire son aîné. Ce soir-là, seul dans sa chambre, il fit un pacte avec lui-même comme on peut le faire avec le diable. Ses pensées s'obscurcirent, les traces de son chagrin s'effacèrent pour laisser place à une tristesse emplie de haine.

*

Nick planquait à proximité de la boîte de nuit depuis plusieurs heures. Il avait vu l'homme entrer seul vers vingt-deux heures, dépassant toute la file qui attendait le bon vouloir du videur : celui-ci acceptait telle ou telle personne selon des critères très sélectifs.

Il avait repéré la voiture de la cible deux rues plus loin, parquée sur un emplacement pour handicapé. Voilà une raison supplémentaire pour dézinguer ce sale type, pensa Nick. Après avoir vérifié que personne ne pouvait le voir, il avait planté rapidement son cran d'arrêt dans le pneu avant gauche du véhicule. Cela permettrait d'occuper un peu le bonhomme le temps d'honorer le contrat.

Frederico sortit finalement à trois heures du matin. La rue s'était vidée. Il était accompagné d'une fille brune qui ne devait pas avoir plus de vingt ans. Vu sa démarche hésitante, Nick comprit que l'homme n'avait plus les idées très claires, ce qui devrait lui faciliter la tâche, mais les consignes avaient été précises : pas de «dommages collatéraux». Il fallait absolument que la petite se casse. Par chance, Nick n'eut pas longtemps à attendre. Frederico venait de murmurer quelque chose à l'oreille de la demoiselle et de lui plaquer une belle main au cul, ce qui eut pour résultat de provoquer la colère de la brunette, qui lui décocha une magistrale baffe en l'insultant généreusement. La cible, surprise par la réaction de la gamine, s'en écarta vivement en la traitant de petite pute. Il essaya de lui balancer un coup de pied, mais perdit l'équilibre et finit le cul sur le trottoir, ce qui eut le don de faire rire aux éclats la jeune fille, qui s'éloignait déjà en direction de la place de l'Étoile.

Frederico eut quelques difficultés à se relever. Il arriva à sa voiture en marmonnant des insultes. Il s'apprêtait à ouvrir sa portière quand il s'arrêta net et se pencha vers l'avant de son véhicule. « *Va f'en-culo!* » Il venait de découvrir le pneu crevé. Nick sortit tranquillement de la C4, son silencieux à la ceinture, et marcha lentement vers lui. Le gars était tellement rond qu'il cherchait en vain comment ouvrir son coffre. *Il pense peut-être changer la roue dans son état? Quel con ce type!* pensa Nick.

Arrivé près de lui, il l'interpella.

— Hé! Besoin d'un coup de main?

Frederico se retourna et dévisagea l'aimable inconnu de la tête aux pieds.

— J'ai crevé, j'essaie de changer ma roue, mais je crois que je suis plus très frais, alors, oui, mec, je veux bien un petit coup de main, répondit-il en plongeant dans son coffre après avoir enfin pu l'ouvrir.

Nick vérifia que la rue était bien vide et que personne n'était planté derrière une fenêtre. Rien à signaler.

— Frederico…

La cible se retourna brusquement, comme piquée par une guêpe.

— Comment tu connais mon…

Il n'eut pas le temps de terminer sa phrase qu'une très vive douleur au bas ventre lui coupa le souffle. Il s'écroula en gémissant sur le trottoir.

— J'ai un message de la part de Gaspard : *tu parles trop, petit con, et les gars qui parlent trop s'attirent des ennuis.* Je crois bien que ton patron n'a plus besoin de toi.

Nick lui tira une dernière balle en pleine tête, ne laissant pas le temps à la cible d'essayer de se justifier ou de supplier pour avoir la vie sauve.

En tournant les talons en direction de sa voiture, Nick jeta un œil par-dessus son épaule et lança de loin :

— Et en plus, tu t'es garé sur une place pour handicapé, connard !

Sa mission accomplie, il projeta de rouler jusqu'à un parking souterrain situé à deux rues de là pour y finir la nuit dans la voiture. Le lendemain, il avait une chose importante à faire : tout mettre en œuvre pour reconquérir Sarah ; il avait quatre jours devant lui avant que son débile de compagnon ne débarque. Quatre jours pour la convaincre de le suivre dans sa nouvelle vie. Quatre jours pour lui faire comprendre que l'avenir leur appartenait.

*

Il était environ huit heures ce mardi matin quand on sonna à la porte d'entrée. La maison était calme. Seul Aziz était levé, après une nuit d'insomnie. Ses sœurs avaient décidé de rester à l'appartement pour soutenir leur mère. Les trois femmes dormaient encore ou feignaient de dormir pour ne pas avoir à affronter cette nouvelle journée de deuil.

Le jeune homme ouvrit la porte et vit l'un des agents de police qui avaient pris leur déposition l'avant-veille à l'hôpital.

— Bonjour, inspecteur Gardon. Je suis désolé de venir si tôt, mais je voulais vous informer de l'avancement de l'enquête. Votre mère est-elle là ?

— Ma mère se repose. Elle n'est pas en état de voir qui que ce soit.

Aziz hésita avant de faire entrer l'inspecteur. Depuis quand la police venait à domicile pour informer les familles ? Finalement, il lui fit signe de la main de le suivre jusqu'à la cuisine. Aziz sortit deux tasses qu'il remplit de café pour son convive improvisé et pour lui-même. Il commençait à avoir mal à la tête et des brûlures d'estomac. Il n'avait rien pu avaler depuis plus de deux jours.

— Vous avez retrouvé le sale fils de pute qui a tué mon frère? lança-t-il sans ménagement à l'inspecteur qui lui faisait face.

— Pas encore, mais nous avons des pistes. Nous avons commencé à reconstituer la soirée de Bilal et les évènements qui ont précédé l'accident.

— Et? fit Aziz, impatient d'entendre le résultat.

— Connaissez-vous Enzo Léoni et Matéo Picault?

— Non. Jamais entendu parler.

— Ce sont des camarades de classe de votre frère. Hier, nous avons questionné les copains d'école de Bilal et il semble que les deux gamins et votre frère aient fait le mur, samedi soir. Ils se sont retrouvés pour aller jouer dans une salle de jeu appartenant à l'oncle de l'un d'entre eux. D'après leurs témoignages et celui du gérant de la salle de jeux, les gosses ont arrêté de jouer vers une heure du matin. Bilal et Matéo ont voulu rentrer tous les deux à vélo. Ils auraient fait une partie de la route ensemble et après quelques kilomètres, il semble que votre frère ait semé son copain : ils se sont perdus de vue. Le gamin a cru que votre frère en avait eu marre de l'attendre et qu'il était directement rentré chez lui. Il dit qu'il ne savait pas ce qui s'était passé avant d'entendre les infos et qu'il n'a rien vu. Franchement, vu son état d'angoisse, je crois qu'il dit la vérité.

— Et après? Si les gamins ne savent pas ce qui s'est passé, comment vous allez faire pour retrouver le connard qui a tué Bilal?

— Eh bien, on attend les résultats des prélèvements de peinture et des éclats de verre retrouvés sur le lieu de l'accident, histoire de savoir si on peut identifier le type de véhicule responsable. Et on enquête auprès des garages pour savoir si un véhicule accidenté a été déposé récemment.

— Et?

— Pour l'instant, pas d'autres pistes, mais on continue nos recherches.

— Vous êtes venu chez nous pour nous dire que finalement, vous ne savez rien! conclut Aziz.

— Je sais que c'est dur pour votre famille et vous. Je suis venu pour vous dire que nous recherchons activement des pistes et que nous finirons par le trouver, tôt ou tard. Soyez-en sûr.

— Et quand vous l'aurez trouvé, qu'est-ce qui se passera?

— Il devra répondre de plusieurs chefs d'accusation devant la justice; il passera certainement de longues années en prison à cause des circonstances aggravantes.

— De la prison ?

— C'est ça, de la prison. Écoutez, je connais un peu l'histoire de votre famille, notamment celle de votre frère Mehdi. Je sais que ce n'est pas facile à comprendre pour vous. Je sais aussi que vous n'aimez pas beaucoup les types en uniforme comme moi. Aziz, je vous demande de nous laisser faire notre travail et la justice sera rendue. J'essaierai d'interférer auprès du juge pour permettre à Mehdi de venir assister aux obsèques de votre petit frère. Pour l'instant, c'est tout ce que je peux faire. Laissez-nous enquêter et je vous informerai dès que nous aurons de nouveaux éléments.

— Faites votre travail, inspecteur, moi, je ferai le mien.

— Aziz…

— Au revoir, inspecteur, vous connaissez le chemin de la sortie.

Aziz se leva, sa tasse à la main, et repartit s'enfermer dans sa chambre.

L'inspecteur Gardon baissa les yeux, soupira lourdement et quitta le petit appartement. Cette visite matinale avait au moins l'avantage d'avoir mis Aziz sur une piste pour mener à bien sa mission. Il enfila rapidement un sweat-shirt, avala la fin de son café, sortit de sa chambre, jeta rapidement un regard en direction de celle de sa mère, puis vers le salon, où il devina que ses sœurs commençaient à se réveiller, en raison des craquements provenant du vieux clic-clac, puis sortit de l'appartement d'un pas décidé.

*

Ce même mardi, Rose-Marie et Maxime arrivèrent aux alentours de dix heures devant le « Garage Tony », chez qui celle-ci avait pris rendez-vous quelques jours plus tôt pour faire réviser sa voiture. Elle avait convaincu son fils de rester au volant pendant qu'elle essaierait de négocier les tarifs avec le patron.

Après une dizaine de minutes, le jeune homme vit sa mère revenir avec un type obèse, dégarni, lunettes à double foyer sur le nez, vêtu d'un bleu de travail qui n'avait plus de bleu que le nom. Ce dernier se baissa pour regarder attentivement l'aile avant droite de sa Golf, puis fit rapidement le tour complet du véhicule. Il ne lui adressa même pas un regard pendant cette brève expertise. Puis tous deux s'en retournèrent en direction d'un petit local qui devait être un bureau. Rose-Marie fit un petit signe à Maxime pour lui demander de patienter encore quelques instants.

— Bon alors, madame, votre voiture est prête, vous pouvez la récupérer, mais pour l'autre, il faut que je regarde mon planning pour voir quand je peux vous la prendre.

— Écoutez, le plus tôt serait le mieux. Vous comprenez, mon fils en a besoin pour se rendre dans son école d'ingénieur et il ne peut pas se permettre d'être en retard ou de rater des cours.

— Je comprends bien, mais de toute façon, il va falloir attendre le passage de l'expert de votre assurance avant de commencer les réparations.

— Non, non, ce n'est pas la peine. Mon fils a son permis depuis peu. Il ne veut pas avertir son assurance de peur de payer un malus ou de se faire exclure. Je vais prendre les frais à mon compte. Et puis comme je vous l'ai déjà dit, c'est un accrochage tout bête, il a cogné le mur du garage en voulant rentrer sa voiture l'autre soir. Rien de bien grave.

— Rien de bien grave, comme vous dites, mais il y a quand même le bloc phare à remplacer, un peu de tôle à redresser, un coup de peinture à redonner sur le tout et le pare-chocs à changer. Il faut que je commande les pièces, je les ai pas en stock... ça vous emmène à... je dirais environ mille huit cents euros pièces et main-d'œuvre et au moins trois jours, si vous laissez la voiture aujourd'hui.

— Mille huit cents euros… bon, c'est d'accord.

— OK. Allez garer la voiture sur le parking derrière le garage et laissez les clés sur le contact. Vous pourrez repasser vendredi matin pour la récupérer. En attendant, voilà les clés de la vôtre. Tous les niveaux ont été faits, les pneumatiques remplacés et on a changé les essuie-glaces, aussi. Par contre, il faudra penser à remplacer l'embrayage bientôt, y'a un peu de mou, ça va pas tarder à casser.

— Merci, je vais voir pour l'embrayage. Au revoir et à vendredi.

— À vendredi.

Maxime, qui était sorti de sa voiture entre-temps, questionna sa mère quand elle arriva à sa hauteur.

— C'est bon, ils prennent ta voiture jusqu'à vendredi pour la remettre en état. Il faut aller la garer derrière.

— Et comment je fais, moi, pour aller à mes cours ?

— Je te prête la mienne jusqu'à ce que tu récupères la tienne, ou alors, tu peux prendre le RER pendant quelques jours. Ça va pas te tuer, non ?

— Et c'est pas trop cher, au moins ?

— Ça, c'est pas ton problème. Je t'ai promis de payer. Après tout, c'est ma faute si tu te retrouves sans voiture cette semaine, non ?

— C'est pas faux… enfin, merci quand même, maman, t'étais pas obligée, surtout que papa va sûrement m'en acheter une nouvelle dans quelques mois.

— Je sais bien, mais on ne peut pas la laisser comme ça. Et puis quand tu voudras la revendre, ça sera plus facile. Bon allez, assez papoté. On récupère ma voiture, tu me déposes à la maison et tu files à tes cours. Il ne s'agit pas de sécher toute la journée, hein !

— T'as raison.

Rose-Marie savait que le Gros Tony avait un peu gonflé ses tarifs, mais c'était le prix à payer pour qu'il ne cherche pas à comprendre comment l'accident s'était produit et pourquoi l'assurance n'avait pas à être contactée. Et puis, cela la soulageait de se dire que d'ici quelques jours, toutes les traces visibles de cette terrible nuit auraient disparu à jamais. Peut-être parviendrait-elle à retrouver le sommeil et à enfouir cet inavouable secret dans un petit coin de son cerveau pour ne plus jamais avoir à l'en sortir.

*

Nick avait entendu les sirènes de police au loin vers quatre heures du matin. Puis le calme était revenu rapidement et il avait réussi à s'assoupir à nouveau, avachi dans sa voiture de location. Il se réveilla vers sept heures avec quelques courbatures et décida de quitter sa planque immédiatement pour ne pas trop attirer l'attention.

Il tourna un peu dans Paris, puis se rapprocha de son hôtel. Il se balada dans les rues, qui commençaient à s'animer, entra dans une librairie et y acheta un livre. Il le flanqua dans la poche de sa veste, puis trouva un café à quelques centaines de mètres de l'hôtel. Il s'installa confortablement sur une banquette à l'arrière de la salle et ouvrit son livre pour entamer la relecture de cette histoire qu'affectionnait tant Sarah à l'époque où ils s'étaient rencontrés : *Roméo et Juliette*. Il se rappelait qu'ils avaient joué tant et tant de fois la fameuse scène du balcon. Elle aimait, alors, comparer leur propre histoire avec celle de ces deux amants maudits. Elle trouvait qu'il ressemblait à l'idée qu'elle se faisait du turbulent fils de la famille Montaigu. Mais dans leur histoire, pas de conflit familial en vue. Cependant, elle expliquait que, comme Roméo et Juliette, tous deux venaient de deux mondes différents qui ne se comprenaient pas toujours et que leur vie personnelle, dans leur monde respectif, serait un obstacle à leur Amour. Elle jurait tous les dieux, par contre, que jamais elle ne se tuerait et qu'elle aurait la patience d'attendre leurs retrouvailles dans l'une ou l'autre de leurs vies. Ils finissaient toujours leur métaphore théâtrale en riant aux éclats et en se faisant des promesses d'amour éternel. Lui y croyait avec intensité et aurait juré qu'il en était de même pour elle. Malheureusement, la suite des évènements l'avait durement ramené à la réalité. Nick s'était toujours dit que rappeler ces merveilleux souvenirs à Sarah lui ferait prendre conscience de son erreur passée. Qu'il suffirait d'une heure, d'une journée, d'une nuit avec elle pour que tout recommence là où leur histoire s'était interrompue, lorsqu'elle était rentrée chez elle, en France, et qu'elle avait repris sa vie d'étudiante loin de son Roméo du Wisconsin.

Vers treize heures, Nick en était à son troisième café lorsque le serveur lui proposa la carte du bistrot. Il commanda un croque-monsieur et un verre de vin rouge. Son téléphone sonna alors que l'homme lui apportait son déjeuner.

— Bonjour, monsieur Wilson, c'est votre collaborateur à l'appareil.

— Ben.

— C'est bien ça. Bon, je dois te dire que notre client a été très satisfait du dernier contrat et souhaiterait pouvoir honorer ses engagements.

— Et il veut une facture, peut-être ? fit Nick sur un ton légèrement ironique.

— Non, mais il préfère me charger de la transaction. J'ai rendez-vous avec lui en fin de journée. Si ça te va, je passe te voir demain dans la matinée.

— C'est bon pour moi. On se donne rendez-vous au bar de l'hôtel, disons à dix heures.

— Parfait. Allez, bonne journée, monsieur Wilson et passez un bon séjour chez nous à Paname !

— Merci, à demain, Ben.

Cette discussion redonna le sourire à Nick et le sortit de sa nostalgie. Il avala son assiette en quelques minutes, but son verre d'une traite, puis reprit son téléphone et passa un autre appel.

— Pizzeria Venezia lounge, bonjour, annonça la voix à l'autre bout du fil.

— Anna, c'est Nick. Est-ce que tu peux me passer Mario ? Je dois discuter affaires avec lui.

— Nick, mon petit, comment vas-tu ?

— Ça va. Je suis en balade à Paris pour quelques jours.

— Paris ! Ah, quelle belle idée ! Je me rappelle quand j'y suis allée il y a quatre, non, cinq ans. Mario m'avait offert un séjour dans un bel hôtel pour que je fasse du *shopping* sur les Champs-Élysées. J'étais aux anges. Comme c'est beau, Paris !

— Oui, Anna. C'est beau, Paris.

— Mais il fait froid, là-haut, j'espère que tu es bien couvert, au moins ?

— Tout va bien, Anna, tout va bien. Anna, je dois vraiment parler à Mario.

— Ah oui, Mario. D'ailleurs, je le vois, il commence à râler parce que je papote encore au téléphone pendant le coup de feu au lieu d'aller accueillir les clients. Et après ? C'est pour ça qu'on emploie du personnel, non ?

Nick ne sut que répondre.

— Bon, allez, je retourne en salle, je te transfère l'appel sur le poste du bureau. Je t'embrasse bien fort, Nick, et n'oublie pas de me rapporter de belles photos de Paris. Tu me les montreras à ton retour à la maison !

— Pas de problème, Anna chérie.

Nick entendit un léger clic signifiant que la ligne venait d'être basculée.

— Mario à l'appareil.

— Bonjour, Mario, c'est Nick.

— J'aurais dû m'en douter... vu l'attitude d'Anna depuis qu'elle a décroché le téléphone. Celle-là, ce n'est vraiment pas un cadeau, je te jure !

— Mario, j'appelle pour savoir où tu en es de ma demande de l'autre soir.

— Toujours pas changé d'avis, alors ?

— Non, au contraire.

— Je vois. Bon, alors, voilà où j'en suis. J'ai regroupé l'intégralité de tes avoirs en espèces, ils sont bien au chaud dans le coffre du bureau. Tu viens les récupérer quand tu veux.

— Eh bien, voilà le problème. Je ne crois pas que je vais revenir à Marseille. Y'a moyen pour que tu me les fasses passer à Paris ? Tu connais quelqu'un de confiance pour monter mes avoirs jusqu'ici ?

— Ma personne de confiance, c'est toi, Nick… mais bon, je vais bien trouver un zig qui se fera un plaisir de t'apporter la « valise que tu as oubliée à la maison » pour quelques dizaines d'euros et qui aura bien trop peur que je lui coupe les deux mains s'il l'ouvrait pour assouvir sa curiosité.

— Merci, Mario. Je t'envoie l'adresse de mon hôtel par SMS. Tu penses qu'il pourra être là demain ?

— Demain, tu auras ta valise, compte sur moi.

— Je te remercie, Mario. Pour ça et pour tout le reste aussi.

— Je sais, mon garçon. Tu sais que tu as toujours été un peu comme notre fils, toutes ces années. Ça me fait de la peine de te voir partir et de ne pas savoir si je te reverrai, mais je suppose que c'est un peu ce que ressentent tous les parents qui voient, un beau jour, leur enfant unique prendre son envol.

— Vous allez beaucoup me manquer aussi, Anna et toi. Et je ne parle pas que de tes spaghettis ! Je te promets de te donner des nouvelles rapidement et d'envoyer de belles cartes postales du Mexique à Anna.

— Merci, Nick. Et je te dis merde pour la suite.

— Au revoir, Mario.

— Au revoir, Nick.

Il était quinze heures quand Nick se décida à abandonner sa banquette de bistrot pour faire son entrée à l'hôtel Centurion. Il s'installa dans la chambre 207, au deuxième étage. Il s'attarda légèrement lorsqu'il passa devant le numéro 203 en essayant de détecter le moindre bruit ou mouvement à l'intérieur, en vain. Il était encore tôt. Sarah devait être à sa formation, à cette heure-ci.

Nick déballa son bagage, rangea ses affaires, se dirigea vers la salle de bains pour prendre une bonne douche et se raser. Quand il revint, il alluma la télévision, s'allongea sur le lit et s'endormit en quelques minutes. Et pour la première fois depuis une éternité, il rêva. Un doux songe lui rappelant tous ses espoirs pour un avenir désormais si proche. Sarah, sous les traits de Juliette. Sa cabane à Playa Del Carmen – son Vérone à lui. La plage. Le soleil. L'insignifiant Pascal, sous les traits de Pâris, qui essayait en vain de reprendre Sarah alors qu'elle se moquait de lui et le renvoyait sans ménagement. Ce rêve était à portée de main désormais. Ce n'était plus qu'une question d'heures.

*

Aziz se planta devant le collège et attendit la sortie des classes. Il était bientôt dix-sept heures. Quelques gamins pressés commençaient à émerger des lourdes portes des différents bâtiments dans un fracassant brouhaha. Aziz attrapa le premier qui franchit le portail et le questionna sans ménagement :

— Tu connais un certain Matéo Picault ?

— Non, m'sieur, il est en quelle classe ? répondit spontanément le gosse, un peu impressionné par ce grand type qui lui barrait le passage.

— Il doit être en cinquième.

— Moi, je suis en quatrième et je connais pas les petits de sixième et de cinquième.

Il se retourna en direction de la cour et indiqua à Aziz un autre gamin.

— Faut lui poser la question à lui.

Aziz aborda aussitôt le garçon désigné et lui posa la même question. Le blondinet opina sans un mot et désigna un autre collégien, les cheveux en bataille, qui portait une parka rouge. Aziz attendit que celui-ci passe à côté de lui pour l'aborder.

— C'est quoi, ton nom ?

Matéo hésita une seconde. Pour l'inciter à répondre, Aziz l'attrapa par le bras et l'entraîna à l'écart, derrière un platane.

— Ton nom ?

— Matéo, fit le petit, qui ne comprenait pas ce qui lui arrivait.

Il s'imaginait déjà devoir donner son argent de poche à ce type et recevoir peut-être une ou deux beignes en remerciement.

— Tu me connais ? Tu sais qui je suis ?

— Non, monsieur.

— Je suis le grand frère de Bilal. Tu sais pourquoi je veux te parler ?

— Non, monsieur.

— Paraît que t'es la dernière personne à avoir vu Bilal en vie. C'est bien ça ?

— Je sais pas, monsieur.

— Si, tu sais. Vous avez fait une virée ensemble en pleine nuit, et après ça, Bilal est mort.

Prononcer dans la même phrase le prénom de son petit frère et le mot «mort» provoqua chez Aziz une terrible douleur à l'estomac. Il fit une légère grimace, ce qui eut pour effet de provoquer un geste de recul du gamin, qui devait déjà s'imaginer recevoir un coup de poing, voire un coup de couteau dans le ventre. Après tout, tout le monde connaissait l'histoire de la famille de Bilal et tout le monde avait plus ou moins peur de croiser l'un de ses grands frères, alors, dans ces circonstances, Matéo sentit ses jambes flageoler et eut du mal à déglutir. Il chercha du regard une échappatoire, mais il était bien trop paniqué pour tenter un *sprint*.

— Tu vas me raconter en détail votre soirée, et t'as pas intérêt à essayer de me cacher quelque chose, je le saurai tout de suite.

— Mais j'ai déjà dit tout ce que je savais à la police, monsieur, et je vous jure que je ne sais pas ce qui s'est passé cette nuit-là.

— Raconte! reprit fermement Aziz en plantant son regard dans celui du gamin apeuré.

— D'accord.

Matéo sembla chercher ses mots, puis entama son récit :

— Alors, on s'était donné rendez-vous avec Bilal et Enzo vers onze heures pour aller jouer dans le

club d'arcades de l'oncle d'Enzo. On a fait le chemin ensemble. Là-bas, on a joué pendant plus d'une
heure, c'était cool, on s'est bien éclatés. En plus,
c'était gratuit, c'est l'oncle d'Enzo qui a tout payé,
même les boissons. Et puis comme il se faisait tard,
on a voulu rentrer. L'oncle d'Enzo a proposé de
nous raccompagner chez nous, mais y'avait pas assez
de place pour nos vélos dans sa voiture et il fallait
attendre la fermeture du club. Alors, pour pas se faire
engueuler par nos parents, Bilal et moi, on a décidé
de rentrer ensemble. Le problème, c'est que moi, j'ai
un vélo un peu vieux et que celui de Bilal, il avait
plein de vitesses. Du coup, il roulait plus vite que moi
et j'étais un peu à la traîne. Alors, comme il en avait
marre de m'attendre, on s'est donné rendez-vous à
la gare pour finir la route ensemble. J'ai mis un peu
de temps et j'étais fatigué alors j'ai pris un raccourci
que je connaissais pour aller plus vite et quand je suis
arrivé à la gare, y'avait personne. J'ai cru que Bilal en
avait eu assez de m'attendre et qu'il avait décidé de
finir la route tout seul, alors je suis rentré chez moi. Je
n'ai appris que le lendemain ce qui s'était passé quand
ma mère m'a dit ce qu'elle avait entendu aux infos.
Là, j'ai flippé, je vous jure. Mais je sais pas ce qui s'est
passé exactement et j'ai rien vu du tout. C'est vrai,
monsieur, faut me croire, j'y suis pour rien.

— Faut voir. Tu es sûr que tu dis toute la vérité ? Vous vous êtes pas engueulés sur la route ? T'as pas fait exprès de le laisser planté là dans le fossé ?

— Non, monsieur, je vous jure, si j'avais su ce qui s'était passé, j'aurais appelé les secours, mais j'ai rien vu du tout et j'y suis pour rien.

— Écoute, Bilal s'est fait renverser par une voiture. Si vous aviez été ensemble, tu aurais pu voir le conducteur, tu aurais pu l'aider, ou ça aurait pu être toi qui te serais retrouvé dans ce putain de fossé à te vider de ton sang toute la nuit.

— Je sais, monsieur. Je suis désolé. J'aurais dû insister pour qu'on roule ensemble, mais je pouvais pas savoir, et puis, j'ai failli moi aussi me retrouver dans le fossé.

— Quoi ?

— Ben oui, à un moment, y'a une voiture qui m'a frôlé et j'ai bien failli tomber de mon vélo.

— Et tu l'as dit à la police, ça ?

— Je crois pas. Je m'en étais pas souvenu avant de vous en parler.

— Et quand la voiture t'a frôlé, vous étiez déjà séparés, avec Bilal ?

— Oui, ça faisait au moins cinq minutes que je l'avais perdu de vue. C'est qu'il roulait vite avec son vélo !

— Et elle ressemblait à quoi, cette voiture ?

— Ben, j'ai pas vraiment eu le temps de bien voir, il faisait nuit, c'était pas bien éclairé et elle est passée très vite…

— Rien à foutre de ce que tu dis. La voiture t'a frôlé donc tu l'as vue de près. La couleur ? Le modèle ? La plaque ? Tu te rappelles bien un détail sur cette voiture !

— Je sais pas… grise, peut-être, pas une grosse voiture, je crois que c'était une Volkswagen, mais je suis pas sûr.

— Réfléchis encore ! T'as vu le chauffeur ? Y'avait des autocollants sur le véhicule ?

— Ah, oui ! Je me rappelle, y'en avait un sur la vitre arrière ! Je m'en souviens parce que j'ai pas compris ce que ça voulait dire, il disait : « *1G sinon rien.* »

— 1G sinon rien ?

— C'est ça, monsieur. C'est tout ce que je me rappelle.

— Ça va. Écoute-moi, cette discussion et ce que tu viens de me dire, t'as pas intérêt à le répéter à qui que ce soit, t'as bien compris ? Personne. Pas même à la police. Tu m'oublies, tu oublies notre conversation et tu continues ta vie de mioche. Si jamais j'entends dire que t'as bavé sur mon compte, je te promets que je te retrouve et que je te mets moi-même au fond du fossé. T'as saisi ?

— Oui, monsieur, j'ai compris, je ne dirai rien.

— Allez, fous le camp, petit con !

Aziz s'écarta de quelques pas pour laisser Matéo s'éloigner. Ce dernier commença à marcher en direction de l'avenue avant de se mettre à courir plus vite qu'il n'avait jamais couru, sans se retourner. Aziz venait de récupérer une information très précieuse. Il lui fallait absolument retrouver cette voiture et son propriétaire. Il avait évité de justesse le gamin quelques instants à peine avant de croiser la route de son petit frère. Pas de doute possible, soit le conducteur avait vu Bilal et pouvait lui donner des informations sur son frère, soit c'était lui qui l'avait tué. Il lui fallait essayer de remonter cette piste.

*

En ce début d'après-midi, Rose-Marie s'était installée au bureau pour jouer son rôle d'intendante de la maison. Elle avait ressorti les factures en attente et, munie du chéquier familial, commençait à compléter les talons, placer les bordereaux dans les enveloppes préremplies, coller les timbres. Elle alluma l'ordinateur et consulta les comptes pour vérifier que les montants ne mettraient pas la famille dans le rouge et pour s'assurer qu'il resterait assez d'argent au début du mois suivant afin de pouvoir commencer les emplettes de Noël, qui approchait doucement.

Elle leva un moment les yeux de ce pensum administratif périodique et se mit à songer à ce que serait ce Noël pour la famille du petit bonhomme renversé quelques jours plus tôt. La culpabilité lui revint immédiatement en plein cœur. Elle imagina la chambre de l'enfant, vide, au petit matin de Noël, où il n'y aurait pas un cadeau à son attention, sa mère pleurant silencieusement, anéantie par son absence. Ces pensées la torturaient tant elle parvenait à se projeter dans la peau de cette maman endeuillée. Et si elle avait été à sa place, comment aurait-elle vécu ce drame ? Elle comprit à ce moment-là trois choses importantes : la première, qu'elle n'était pas à la place de cette femme et pour elle comme pour son entourage, la vie devait continuer, avec ses joies et ses peines ; la deuxième, qu'un retour en arrière était impossible. C'était un accident, rien de plus ; à une fraction de seconde près, rien de tout cela ne se serait produit. Pour continuer à vivre, il lui faudrait faire abstraction à jamais de cette toute petite fraction de seconde comme si elle n'avait jamais existé.

Après tout, qu'est-ce qu'une seconde dans une vie entière? On oublie bien son genou écorché lorsque l'on monte pour la première fois sur son vélo et qu'on finit à terre. Cela ne nous empêche pas de remonter en selle aussitôt. On oublie bien la douleur de l'enfantement dès que l'on vous met votre nouveau-né dans les bras. On oublie bien la douleur de la perte subite de ses parents alors qu'on démarre à peine dans la vie et que tout reste à construire… Enfin, elle prit conscience de la monotonie et du vide absolu de sa vie. Elle ne représentait rien en ce bas monde. Un pion, une ombre, une silhouette, dehors dans la rue comme dans cette maison où elle avait toujours vécu. Ses parents étaient morts depuis longtemps, maintenant. Elle n'avait pas de frère ou de sœur à qui se confier, pas d'autres parents proches, hormis cette tante partie refaire sa vie au Canada et qu'elle n'avait pas revue depuis son mariage. Chacun de ses trois enfants commençait à voler de ses propres ailes, s'éloignant tous les jours un peu plus du cocon familial ; quant à Pierre, cela faisait des années qu'elle l'avait perdu dans les bras de quelque maîtresse passagère et autres aventures sans lendemain ; la principale de ses maîtresses étant incontestablement son métier. Depuis qu'il avait compris qu'il gagnerait en pouvoir et en notoriété en consacrant tout son temps à son travail, son mari avait oublié ses priorités conjugales. Tous deux vivaient sous le même toit par facilité. Pour les enfants, bien sûr, mais aussi par confort. Chacun y trouvait son compte. L'amour s'était envolé depuis longtemps. Trop longtemps. Aucun des deux n'avait jusque-là osé mettre fin à cette vie sans but.

Le regard de Rose-Marie tomba à nouveau sur la page internet de leurs comptes en banque. Elle décida de s'y attarder un peu plus. Ceux de la famille étaient effectivement généreusement garnis. En plus du compte courant, sur lequel était versé le salaire de Pierre, ils détenaient un PEL, qui générait de substantiels intérêts tous les ans, un livret bien approvisionné, qui leur permettait de faire face aux dépenses imprévues, de payer les impôts et les vacances, et deux assurances-vie, une pour chacun d'entre eux. Celles-ci avaient été ouvertes peu de temps après leur mariage, lorsqu'ils s'aimaient encore et voulaient pouvoir mettre l'autre à l'abri du besoin. Elle ouvrit la page relative à son assurance et regarda le montant indiqué en bas du document : plus de cinquante-six mille euros épargnés à ce jour. Puis elle surfa sur les autres pages web de la banque et consulta les modalités de fermeture de ce compte. Il lui suffisait de retrouver le contrat d'origine, de prendre rendez-vous avec son conseiller et de contre-signer la demande de clôture du compte. L'assurance étant à son nom, pas besoin d'en informer Pierre. L'argent serait débloqué sous vingt-quatre heures. Et si la réponse était là ? Si cette opportunité de revivre ne tenait qu'à cela ? Un appel à la banque, une signature en bas d'un document et vingt-quatre heures d'attente. La sonnerie de son téléphone la sortit de sa réflexion.

— Salut, maman, c'est Flo à l'appareil.

— Oui, bonjour, ma chérie, comment vas-tu ?

— Je suis crevée. On a des longues journées, en ce moment, à l'hôpital.

— Vous êtes bien rentrés, vendredi soir, avec… Rose-Marie hésita un instant, avec Jean-François ?

— Oui, c'était très bien. Jean-François vous remercie, d'ailleurs, papa et toi, pour la soirée. Il était content de l'accueil que vous lui avez fait.

— Tant mieux, ma chérie.

— J'appelle pour savoir si la soirée de vendredi prochain est maintenue ou non, parce que, pour tout dire, ça m'arrangerait qu'on reporte. En fait, Jean-François voudrait m'emmener passer le week-end chez ses parents en Bourgogne.

— Tu sais que ton père va être déçu si on l'annule.

— Je sais, maman. C'est pour ça que je te le demande à toi. Si tu pouvais lui en parler, histoire de lui faire comprendre que j'ai grandi et que j'ai besoin de m'éloigner de mes parents, maintenant.

— Eh bien! En voilà, une raison, pour expliquer ton absence au repas de famille hebdomadaire!

— Non, c'est pas que ça. Tu comprends, on ne trouve pas beaucoup de temps pour être ensemble, avec Jean-François, à cause de nos plannings à l'hôpital. Et on a encore pas mal de choses à découvrir l'un sur l'autre. Tu sais, je pense que cette fois, c'est le bon et je veux être sûre de ne pas me tromper.

— Et donc, pour être sûre de ne pas te tromper, tu tournes le dos à ta famille?

— Si ça me permet de plus profiter de mon temps libre, alors oui! J'ai aussi envie de profiter de la vie tant que je suis encore jeune et suffisamment en forme pour pouvoir le faire. Je ne vais pas attendre d'avoir quarante-cinq ans pour vivre comme je l'entends!

Rose-Marie reçut un coup de poignard en plein cœur. Ce reproche à peine voilé lui était directement adressé.

— On est tellement désagréables et ringards que tu cherches à nous fuir, maintenant? C'est sympa!

— Non, mais on tourne en rond pendant nos soirées familiales. Et j'ai passé l'âge de dormir dans ma chambre d'adolescente. Je reviendrai. De temps en temps. On aura plus de choses à se dire si c'est moins fréquent, tu ne crois pas ?

— Si tu le dis. De toute façon, on ne peut pas t'obliger à venir si tu ne le veux pas.

— Allez, maman, ne te fâche pas. C'est comme ça, la vie, les enfants finissent par grandir et par avoir toute une vie bien à eux à construire. Et puis, il y a toujours Manon et Max. Ces deux-là ne sont pas encore près de couper le cordon ! Tu vas les avoir sur le dos encore un bon bout de temps, je pense.

— On verra.

— Bon, je dois te laisser, je t'embrasse bien fort et je te rappelle la semaine prochaine pour donner des nouvelles.

— Bisous, ma chérie, et bon courage au travail.

Florence raccrocha la première. Rose-Marie eut soudain cet étrange sentiment qu'elle avait perdu à jamais sa petite fille aux grands yeux bruns. Son regard revint sur l'écran de l'ordinateur. Le moment était venu pour elle aussi de vivre sa vie.

1

Nick s'était réveillé vers dix-sept heures après une généreuse sieste réparatrice. Il savait que Sarah ne prendrait pas le risque de sortir dîner à l'extérieur seule en pleine nuit. Elle était bien trop prudente. La seule option qui lui restait était donc de prendre son repas dans le restaurant de l'hôtel. D'autant que la carte était plutôt alléchante et les prix raisonnables. Il réserva donc une table pour le soir et commença à se préparer pour ces retrouvailles tant attendues.

Il descendit vers dix-huit heures trente pour prendre un verre au bar de l'hôtel en scrutant attentivement l'entrée. Il n'eut pas longtemps à attendre. Vers dix-huit heures quarante-cinq, vêtue d'un long imperméable beige, une sacoche en cuir noir à la main, Sarah entra dans le hall et s'avança vers la conciergerie. Après quelques instants, elle récupéra sa clé de chambre et emprunta l'ascenseur. Nick ne bougea pas. Dévorant des yeux le moindre geste de son amour de jeunesse, le moindre de ses pas, l'ondulation de ses cheveux. Tout en elle respirait la pureté, la fraîcheur et l'innocence.

Après un second verre, Nick décida de s'installer pour son repas. Il indiqua au serveur la table qu'il désirait occuper. Elle était parfaitement placée, à l'entrée du restaurant, mais légèrement en retrait, cachée derrière un brise-vue aux couleurs criardes. Le lieu était idéal pour observer tous les clients qui entraient et suffisamment à l'écart pour pouvoir engager une discussion à cœur ouvert sans oreilles indiscrètes.

Sarah descendit dîner vers vingt heures. Nick la laissa passer devant sa table et, prenant son courage à deux mains, se décida à l'interpeller avant que l'un des serveurs ne se charge de placer la belle loin de lui.

— Sarah ? demanda-t-il d'un ton faussement étonné.

Sarah se retourna, surprise, et le dévisagea un instant.

— Sarah Galantier ?

— Nick ? Je le crois pas. C'est bien toi ?

— Eh oui, c'est bien moi. Quelle drôle de surprise !

— Mais qu'est-ce que tu fais là, à Paris ?

— Je suis en déplacement pour le travail. Et toi ?

Sarah n'eut pas le temps de répondre qu'un des serveurs l'accosta. Nick se leva brusquement et s'adressa à l'employé de l'hôtel :

— Je crois que mon amie va s'asseoir à ma table, on a pas mal de choses à se raconter, tous les deux. Tu acceptes mon invitation ?

— Pourquoi pas. Après tout, c'est plus sympa de manger ensemble plutôt que chacun de son côté. Et puis comme tu le dis, on a pas mal de choses à se raconter depuis… quinze ans, c'est ça ?

— On est plus près des vingt ans, en réalité.

— Vingt ans… répéta Sarah, l'air songeur et prenant place en face de Nick. Que le temps passe vite ! En tout cas, tu n'as pas vraiment changé.

— Toi non plus. Toujours aussi belle.

— Oui, avec beaucoup plus de rides, quand même, et je ne parle pas des cheveux blancs.

— Je ne vois ni rides ni cheveux blancs. Par contre, je reconnais bien ton sens de l'exagération.

Sarah éclata de rire. La proie avait mordu à l'hameçon. Nick avait réussi à attirer et accaparer son attention. Il jubila intérieurement de vivre enfin cet instant précieux attendu si longtemps. Pendant les trois heures qui suivirent, ils se racontèrent chacun leur tour. Sarah prit soin de taire les coups durs du passé et Nick s'inventa une vie d'entrepreneur fortuné qui passait son temps à voyager, principalement en Europe, mais également en Amérique latine. Vint le moment où Sarah annonça qu'elle était fiancée. Nick se pinça les lèvres pour ne pas surréagir à cette annonce. Il la félicita et feignit de s'intéresser à ce fiancé en lui posant quelques questions à son sujet. Cela eut pour effet de mettre Sarah en confiance. Puis ils se remémorèrent le passé, leurs rêves de conquête du monde. Ils rirent beaucoup. Ils en oublièrent presque de manger et leurs assiettes repartaient presque pleines en cuisine. Par contre, ils vidèrent deux bouteilles de vin. Le regard de Sarah commençait à se troubler. Il sembla à Nick que parfois, elle tentait d'éviter ses yeux. À d'autres moments, elle rougissait légèrement devant ses compliments. Que ces instants étaient agréables! Son sourire si doux faisait remonter en lui tellement de souvenirs, d'espoirs illusoires sur lesquels il avait bâti tant de projets lorsqu'il n'était encore qu'un jeune homme!

Vers vingt-trois heures, Sarah prétexta un réveil matinal pour justifier la fin de la discussion. Nick la raccompagna jusqu'à sa chambre. Ils se donnèrent rendez-vous le lendemain soir au bar de l'hôtel afin de poursuivre leur discussion enflammée.

Quand Sarah referma la porte de sa chambre, Nick sut qu'il venait de poser la première pierre de leurs amours renaissantes. Tous ses sens étaient en émoi et ses espoirs en l'avenir commençaient à se réveiller après de longues années de sommeil. Il lui restait désormais deux soirées pour réussir à la reconquérir pleinement.

∗

Dans sa chambre, Sarah resta adossée un long moment contre la porte d'entrée, songeuse. Elle ne savait pas comment réagir face à cette rencontre impromptue alors que sa vie commençait enfin à prendre la bonne direction. Elle regrettait déjà d'avoir accepté l'invitation pour le lendemain, sachant pertinemment que cette situation risquait de tout bouleverser, de tout remettre en cause. Il y avait des choses qu'elle n'avait jamais pu dire à Nick. Des choses qu'il devait savoir. Il lui faudrait aborder certains sujets douloureux avec ce «vieil ami». Et elle n'était pas vraiment sûre de le vouloir ni d'être prête à le faire.

∗

La nuit fut plus qu'agitée pour Aziz. Ses sœurs préparaient les obsèques de Bilal depuis la veille alors que leur mère n'avait même plus le courage de sortir de son lit. Pendant ce temps, il était terré dans sa chambre et réfléchissait au moyen de retrouver le conducteur de la voiture dont avait parlé le môme interrogé la veille. Et il ne voyait qu'une alternative, qui ne le réjouissait guère : faire appel aux services de Gaspard et de son réseau pour retrouver le véhicule. Cette idée le torturait, mais compte tenu des circonstances, il n'avait pas d'autre solution. Il s'était souvenu que Mehdi, peu de temps avant son incarcération, lui avait confié où il avait caché son flingue. Depuis cette époque, et malgré les perquisitions au domicile familial, personne n'avait remis la main dessus. Aziz savait ce qu'il lui faudrait faire lorsqu'il aurait le tueur de son frère sous la main, mais avant il fallait le retrouver. À tout prix. C'était une question d'honneur, de fierté. Il devait prouver à Mehdi qu'à défaut d'avoir pu protéger sa famille, il saurait se comporter en homme et venger la mort du petit.

Aziz se leva, enfila rapidement un survêtement qui traînait, ne prit même pas le temps de se laver. Il passa par la cuisine, où Yasmina s'affairait, une tasse de café fumant à la main, lui demanda des nouvelles de sa mère, de l'organisation des funérailles. Il se servit un café, fit mine de s'intéresser aux lamentations de sa grande sœur, posa sa tasse et attrapa sa veste en cuir. Il expliqua à Yasmina qu'il avait un rendez-vous à l'extérieur et qu'il serait de retour en début d'après-midi. Il l'embrassa sur le front – geste de tendresse qu'il n'avait pas eu à son intention depuis de nombreuses années, mais devant le désarroi de sa sœur, il se sentait désarmé.

Aziz arriva en bas de l'immeuble. Rares étaient les fois où il se permettait de venir jusqu'ici sans y avoir été convié, mais il savait que le *caïd* ne lui en tiendrait pas rigueur compte tenu des circonstances. Il fut surpris de voir que l'un des deux sbires éternellement plantés devant l'ascenseur desservant l'appartement était aux abonnés absents. Il se rappela subitement les paroles de Gaspard quelques jours plus tôt et comprit que ce dernier avait dû finir par s'en débarrasser.

— T'as rendez-vous ? demanda le garde désormais seul.

— Pas de rendez-vous aujourd'hui, mais je dois voir Gaspard pour des raisons personnelles.

— Attends ici, je vais voir s'il est disponible et s'il veut bien te recevoir.

Quelques instants plus tard, le colosse revint et hocha la tête avant de reprendre son poste de surveillance. Aziz frappa à la porte. C'est Mélanie qui lui ouvrit. En le voyant, à la grande surprise du jeune homme, elle lui sauta au cou et l'enveloppa de ses bras menus.

— Aziz, j'ai appris ce qui est arrivé à ton petit frère. C'est trop triste. J'ai vraiment de la peine pour ta famille et toi.

— Merci, Mélanie, fit-il en la repoussant délicatement.

Non pas que ce geste affectueux lui déplaise, surtout de la part de Mélanie, ce canon qui le faisait fantasmer à chaque fois qu'il la voyait, mais il n'était pas d'humeur pour ce genre de démonstration. Et pour dire la vérité, il craignait que ce rapprochement de leurs deux corps ne provoque en lui une réaction difficilement contrôlable et encore moins justifiable.

— Gaspard est dans son bureau. Tu veux que je t'apporte quelque chose ? Tu as l'air si pâle ! Je suis sûre que tu n'as rien mangé depuis plusieurs jours.

— Ça ira, Mélanie. Je n'ai pas faim, en ce moment.

— Tu vas finir par t'écrouler. Laisse-moi te préparer un petit sandwich et un café. Ça me fait plaisir, je t'assure.

Aziz fut quelque peu étonné devant tant d'insistance. Il n'était pas habitué à voir la jeune femme se comporter de la sorte. D'ordinaire, elle restait distante, indifférente et le plus souvent, le nez dans sa poudre. Mais là, il lui sembla que quelque chose avait changé. Il ne sut pas expliquer ce que c'était.

Gaspard accueillit Aziz à l'entrée du bureau. Il l'invita à s'asseoir et ils commencèrent à parler.

— Alors, Aziz. Comment vas-tu depuis la dernière fois ?

— On survit.

— Je vois. J'espère que je ne t'ai pas mis mal à l'aise quand je suis passé chez toi l'autre jour ? Je voulais vous apporter mon soutien, à ta famille et à toi.

— Je comprends. Ne t'inquiète pas. Je suis venu te remercier pour l'enveloppe.

— Tant mieux. Et pour quand est prévu l'enterrement ?

— Demain, à quinze heures. Ça prend un peu de temps à cause de l'autopsie…

Mélanie entra brusquement sans même frapper à la porte. Elle portait un plateau contenant quelques victuailles, qu'elle déposa sur le bureau de Gaspard. Ce dernier lui adressa un regard noir et la fixa lourdement jusqu'à ce qu'elle ressorte du bureau.

— Excuse Mélanie. Elle a toujours pas appris les bonnes manières. Mais je m'y attelle. Ça va venir. Alors, on en était où ?

— L'enterrement de Bilal.

— Oui. C'est ça. Alors, dis-moi, les flics en savent un peu plus sur ce qui s'est passé exactement ? Il paraît que t'as eu la visite de l'un d'entre eux avant-hier.

Aziz avait oublié que Gaspard avait des yeux partout. C'était un peu sa marque de fabrique. Il déglutit à l'idée d'être espionné, comme tous les autres sbires à son service. Il pensait que son statut le plaçait au-dessus des autres, mais ce n'était visiblement pas le cas.

— Oui. Un flic est passé pour dire qu'ils n'avaient pas avancé dans l'enquête. En réalité, ils s'en foutent. Ce n'est qu'un sale Arabe en moins, après tout, déclara Aziz sur le ton de la provocation.

— Ce sont des cons, c'est tout. Dis-moi, est-ce que je peux t'aider, mon frère ?

— En fait, oui. J'ai un service à te demander, Gaspard.

Aziz prit son temps avant de poursuivre sa demande :

— J'ai une piste. Je suis allé interroger l'un des gamins avec qui Bilal était sorti ce soir-là. Et il m'a confié qu'il avait vu une voiture sur la route. Pour résumer, j'aimerais bien retrouver le propriétaire de cette voiture, histoire de lui poser quelques questions.

— Tu penses que la voiture qu'il a vue est responsable de l'accident ?

— Plus j'y pense et plus j'en suis sûr. Il me suffira de voir le type et je le saurai.

— Et si tu le vois, qu'est-ce que tu feras ?

— Ce que j'ai à faire.

— Je vois… alors écoute-moi, Aziz. Je vais faire deux choses pour toi. Premièrement, tu vas me donner la description de la voiture et je vais appeler mes contacts pour savoir si l'un d'entre eux connaît ou a déjà vu la voiture en question. Deuxièmement, je comprends que tu veuilles te venger, mais ce n'est pas une bonne idée. Tu n'es pas un tueur, tu ne l'as jamais été, et tu ne le seras jamais. Flinguer quelqu'un, crois-moi, c'est pas si simple. Il faut vivre avec ça toute ta vie, après, et ça peut te rendre fou. Alors, j'ai une proposition à te faire.

— J'écoute.

— J'ai un contact dans le milieu. Il vient tout juste de régler l'un de mes problèmes.

— Tu parles de Frederico ?

— C'est ça. Le gars, c'est un pro. Il est de passage dans le coin en ce moment. Si on retrouve le type de la voiture, si tu penses que c'est bien lui qui a tué ton petit frère et que tu veux qu'il disparaisse de la surface de la Terre, tu me le dis. Je le contacte pour régler le problème. Je vais même aller plus loin, je paierai une partie du contrat, en reconnaissance de ma dette vis-à-vis de Mehdi. C'est mieux comme ça. Tu seras vengé sans te salir les mains. T'as compris ?

— Je sais pas. Je voudrais vraiment le voir crever comme un chien.

— Il crèvera comme un chien et il saura même pourquoi. Mais les flics sont déjà sur ton dos, alors, tu comprends bien que si tu as trouvé cette piste, ils finiront eux aussi par la trouver. Et là, s'ils tombent sur un cadavre, tu seras le premier sur leur liste de suspects. Alors que si tu laisses un pro faire le boulot, tu te prépares un bon alibi et l'histoire est réglée.

Aziz eut du mal à l'admettre, mais Gaspard n'avait pas tort. Il risquait de se retrouver lui aussi derrière les barreaux. Ça tuerait sa mère, pour sûr. Quant à Mehdi, il ne le lui pardonnerait jamais.

— Tu as peut-être raison.

— Bien sûr que j'ai raison !

— Tu veux bien m'aider, alors ?

— Évidemment. J'appelle tout de suite mon réseau. Tiens, écris-moi la description du véhicule sur ce bout de papier. Sois le plus précis possible. Je te rappelle dès que j'ai des nouvelles.

— Merci, Gaspard. À bientôt.

Aziz repartit en emportant l'un des sandwiches préparés par Mélanie. Il commençait à retrouver l'appétit devant la perspective de pouvoir bientôt venger la mort de Bilal.

*

Nick avait eu une matinée bien chargée ce mercredi. Il avait revu Ben vers dix heures, comme convenu, avait empoché son pognon, bien empaqueté dans une enveloppe kraft, puis, après lui avoir fait ses adieux, il avait foncé tout droit à la première agence de voyage pour réserver deux billets d'avion, allers simples, pour Cancun.

Quand il était rentré à l'hôtel aux alentours de midi trente, le réceptionniste lui avait remis une mallette apportée un peu plus tôt par un coursier. Nick s'était enfermé à double tour dans sa chambre et avait entrepris d'en vérifier le contenu. Les bons comptes font les bons amis, dit-on. Il avait beau avoir une confiance sans faille en Mario, il s'agissait là de son laisser-passer pour sa retraite au soleil.

Quand il eut fini de compter, près de quatre-cent-quatre-vingt-dix-huit milles euros, en coupures de dix à cinq cents euros, en comptabilisant ce qu'il avait ramassé avec son dernier contrat, s'étalaient sur son lit. Mario avait tenu sa promesse au-delà même de ce qu'il avait espéré. Il rangea le tout dans ladite mallette et la planqua sous le lit.

Après la soirée de la veille, Nick n'avait plus aucun doute sur le fait que Sarah serait bientôt à ses côtés pour le restant de sa vie. Ce soir, il devait passer à la vitesse supérieure.

*

L'inspecteur Gardon attendait dans son véhicule banalisé depuis une bonne heure quand il vit Aziz au coin de la rue. Ce dernier se dirigeait d'un pas décidé vers la porte de son immeuble, le regard plongé dans le vague, si bien qu'il fut surpris de se retrouver face à face avec le flic au moment où il allait ouvrir la porte d'entrée.

— Bonjour, Aziz. Vous vous souvenez de moi ?

— Merde ! Qu'est-ce que vous faites encore là ? Vous pouvez pas me lâcher un peu les baskets et retourner bosser ? Allez chercher l'assassin de mon frère, par exemple !

— C'est justement pour ça que je viens vous voir.

— Vous l'avez trouvé ? demanda Aziz avec empressement et une pointe d'amertume.

— Pas encore, mais on avance. Grâce aux prélèvements qui ont été faits sur le vélo de votre frère et sur les éclats de verre retrouvés à proximité de la collision, la scientifique a identifié le type et la couleur du véhicule. Une alerte a été émise auprès des garagistes de la région afin de savoir s'ils n'ont pas vu un véhicule accidenté répondant à ces caractéristiques. Et puis on a toute une équipe sur le terrain qui poursuit les auditions auprès des riverains pour essayer de trouver d'éventuels témoins.

— Donc, vous êtes venu pour me dire que vous ne l'avez pas encore trouvé. Merci pour le dérangement, mais je me serais bien passé de votre visite.

— Je vous ai dit que je vous informerais de l'avancée de l'enquête et même si vous avez l'impression que rien ne se passe, il fallait que je vous dise à vous et à votre mère que nous avançons dans la bonne direction.

— Laissez ma mère où elle est, je vous l'ai déjà dit.

Aziz pénétrait dans l'immeuble.

— Aziz, dites-moi, pourquoi j'ai cette impression que ce que je vous raconte ne vous intéresse pas? J'espère que vous n'allez pas faire de connerie?

— Quelle connerie?

— On s'est compris.

Avant d'avoir pu répondre, Aziz entendit son téléphone sonner. Il l'attrapa et jeta un coup d'œil rapide à l'écran : «*Appel entrant : G*».

— Alors, si on s'est compris, tout va bien, non?

— Vous ne répondez pas? fit l'inspecteur Gardon en pointant son regard sur le portable d'Aziz.

— Plus tard. C'est pas urgent.

— Je vous accompagne jusque chez vous. J'aimerais voir votre mère et vos sœurs.

— Non. C'est pas possible, elles sont pas là.

— Je suis sûr qu'elles n'ont pas quitté l'immeuble.

— Quoi, vous planquez en bas de l'immeuble, maintenant?

— Pourquoi? Je devrais?

— Et merde, si vous avez pas de mandat, vous rentrez pas chez nous!

— Vous regardez trop de films américains, ça ne marche pas comme ça, en France.

Le téléphone continuait de sonner de plus en plus fort et Aziz commençait à perdre patience. Après quelques instants, il finit par décrocher.

— Allô ?

— Aziz, c'est Gaspard à l'appareil. Débarrasse-toi du morpion qui te tient la jambe depuis tout à l'heure. J'ai du nouveau concernant notre affaire.

Instinctivement, Aziz lança furtivement un regard par-dessus l'épaule de Gardon, histoire de voir où se cachait la taupe du *caïd*. Rien à l'horizon.

— Je fais de mon mieux, mon ami. Tu sais que c'est compliqué pour nous.

Gardon se tenait droit comme la justice face à Aziz, le scrutant intensément pendant qu'il parlait à son mystérieux interlocuteur.

— Je vois qu'il t'a muselé, le flic dévoué. Bon, voilà les nouvelles : figure-toi que ton gars, ce con, il a déposé son véhicule devine chez qui ? Chez le Gros Tony. Apparemment, il s'agit bien de lui. Tony a vérifié, y'a bien l'autocollant à la con sur la vitre arrière. En plus, on a son adresse : c'est sur sa carte grise. Il a insisté pour faire retaper sa voiture rapidement et veut payer en *cash* ; il ne veut pas faire marcher son assurance. Le Gros Tony avait flairé l'embrouille.

Aziz sentit le feu lui monter aux joues. Des spasmes commençaient à lui retourner l'estomac.

— Ah! C'est bien.

— Est-ce que tu veux que je contacte le nettoyeur dont je t'ai parlé?

— Oui, c'est ça, à quinze heures demain.

— Je vois. C'est une bonne idée : y'a pas meilleur alibi que celui d'assister aux obsèques de son petit frère! Bon, je vais essayer de voir si c'est possible. Je te rappelle ce soir pour te donner des détails.

— Très bien.

— Et, s'il te plaît, Aziz, débarrasse-toi de ce fouille-merde, tu sais que ça me rend nerveux de savoir que mes gars tapent la discute avec les flics.

— Je sais… je fais de mon mieux. Allez, à demain et embrasse Mohamed de notre part.

Après avoir raccroché, Aziz fixa l'inspecteur Gardon sans un mot.

— Bon, je ne peux pas vous faire changer d'avis? Vous ne voulez pas que je voie votre famille?

— Non. Et je ne veux pas non plus que vous reveniez ici. La prochaine fois que vous aurez des nouvelles à donner sur l'avancement de l'enquête qui n'avance pas, faites-le par téléphone. Ça sera aussi bien.

— J'ai saisi. Un dernier détail avant de partir. On a réussi à obtenir une permission de quelques heures pour Mehdi. Il pourra assister aux obsèques de votre petit frère. C'est ça que j'étais venu dire à votre famille. Prenez soin de vous.

Aziz attendit que le flic retourne à son véhicule avant de faire volte-face et de vomir l'intégralité du contenu de son estomac aux pieds des boîtes aux lettres. Il reprit son souffle et monta quatre à quatre les marches du vestibule.

*

— Monsieur Wilson, ici la réception. Votre rendez-vous est arrivé. Est-ce que je le fais monter ?

— Mon rendez-vous ? s'étonna Nick.

— Oui, monsieur… Benjamin, continua le réceptionniste après avoir questionné du regard l'homme qui s'était présenté au comptoir quelques instants plus tôt.

Nick regarda sa montre. Il était presque dix-sept heures. Il se demanda pourquoi Ben débarquait comme ça, sans l'avertir. Ils ne devaient plus jamais avoir affaire l'un à l'autre après ce matin. Ça sentait le coup fourré.

— Très bien. Faites-le monter, je vous prie.

Nick attrapa rapidement son flingue et le planqua dans sa ceinture de pantalon. On ne sait jamais. On frappa à la porte.

— Qu'est-ce que tu fous là ? lança-t-il sans ménagement à son interlocuteur en ouvrant la porte.

— Crois-moi, Nick, si j'avais pu faire autrement, je l'aurais fait.

Ben entra sans attendre l'invitation de son hôte et referma la porte derrière lui.

— J'ai été clair, ce matin : c'était la dernière fois qu'on devait se voir.

— Oui, c'était clair ce matin, mais il y a eu du changement cet après-midi.

— Pas pour moi !

— Écoute, laisse-moi t'expliquer. Tu vas changer d'avis.

— Je te laisse un quart d'heure avant de te foutre dehors et crois-moi, tu as de la chance de ne pas recevoir mon poing dans la gueule. Depuis quand tu te permets de débarquer comme ça sans prévenir ? J'espère que tu ne m'as pas emmené les flics dans le coin !

— Non, j'ai bien fait gaffe. J'ai pas été filé.

— Un quart d'heure, vas-y…

— OK. Bon, je sais que tu veux arrêter le *job*, changer de vie et te la couler douce au soleil, mais j'espère pouvoir te convaincre d'attendre vingt-quatre heures de plus avant d'entamer tes projets.

— Ça commence mal.

— Écoute avant de répondre. Voilà, j'ai eu un appel ce matin d'un gars à qui on ne dit pas non. Pour faire vite, c'est le même qui nous a décroché le précédent contrat. Il a une autre proposition à nous faire, c'est la dernière cette fois.

— C'est non.

— C'est ce que j'ai essayé de lui expliquer, mais il n'a pas voulu écouter et pour tout dire, il a des arguments : il veut qu'on descende un autre type. Et il propose de payer gros… très gros.

— C'est toujours non.

— Attends avant de donner ta réponse. Le type en question est un meurtrier d'enfant.

La curiosité de Nick fut piquée au vif.

— Explique.

— D'après ce que m'a raconté notre client, la nouvelle cible a renversé un gosse le week-end dernier et l'a laissé crever dans le fossé. T'as peut-être entendu parler de cette histoire ? C'était dans tous les journaux.

— Je croyais qu'ils n'avaient toujours pas trouvé le chauffard ?

— Les flics non, mais notre client a le bras long, très long. Et lui, il l'a trouvé.

— Et quel est le lien avec le gosse ?

— Apparemment, c'était le gamin d'un ami très proche. La famille ne veut pas attendre que les flics le retrouvent ; ils préfèrent se faire justice eux-mêmes. Ça se comprend, non ?

— Et tu ne peux pas trouver quelqu'un d'autre pour cette affaire ?

— Il te veut toi. Il a insisté sur ce point. Et sur autre chose, aussi…

— Quoi ?

— Eh bien, il est un peu pressé. Il veut que le contrat soit bouclé demain entre quinze heures et dix-sept heures au plus tard.

— C'est trop court.

— Pas d'autre option. De toute façon, ça peut aller très vite, on a le nom et l'adresse du gars. Y'a juste à le filer demain, choisir le bon moment et faire le boulot à l'heure prévue.

— Combien ?

— Ça, c'est la cerise sur le gâteau : notre prix sera le sien. Alors, qu'est-ce que t'en penses ?

— Je déteste les tueurs d'enfants.

— Je sais, Nick. Tu comprends pourquoi il fallait que je te parle de cette proposition avant que tu ne t'évapores dans la nature.

— Dis-lui que c'est cinquante mille. Pas moins. À prendre ou à laisser. Payables d'avance. J'attends la réponse ce soir au plus tard. Tu me déposes le fric demain matin à la réception de l'hôtel avant neuf heures. Après, il faudra m'oublier. Je disparais de la surface de la Terre. C'est bien compris ?

— C'est compris, Nick.

Ben était déjà en train de calculer sa commission. Il sourit intérieurement en se disant qu'il pourrait se mettre lui aussi un peu au vert après ce coup-là. Ils se quittèrent ainsi, sans un mot de plus. Lorsque Ben eut franchi la porte de la chambre, Nick se demanda s'il avait pris la bonne décision. Il avait un mauvais pressentiment et se mit à douter. Mais il ravala rapidement ses interrogations en songeant à la soirée qui se préparait en compagnie de Sarah.

*

Aziz regardait les jeux débiles qui s'enchaînaient à la télévision lorsque qu'il reçut un SMS : « *Contact OK. Soixante-dix mille. J'en suis pour quarante mille. C'est bon pour toi ? Réponse immédiate STP.* » Aziz frappa frénétiquement sur son clavier : « *OK pour moi.* » Il envoya le message. Puis se rappela quelque chose et reprit son portable : « *Message à transmettre à notre contact : pour ce prix-là, je veux qu'il souffre et qu'il sache pourquoi il va crever. Je veux aussi qu'il me rapporte un souvenir…* » Réponse : « *Je transmets ta demande. Dors bien, Aziz, demain, ton frère sera vengé.* » Aziz décrocha un sourire en coin et se dit à haute voix : « *Tu ne sais pas à quel point tu as raison, Gaspard…* »

2

Pierre était rentré très tard la veille au soir. Rose-Marie n'avait pas pu lui annoncer le désir d'émancipation de leur aînée. Elle attendait de pied ferme son retour du travail, ce mercredi, pour lui en parler.

Quand la porte de la maison s'ouvrit, Maxime entra en trombe, comme il en avait l'habitude, son portable à la main, visiblement en pleine discussion avec quelque camarade de promo ; il prit à peine le temps d'adresser un hochement de tête à sa mère avant de filer à l'étage.

Quelques minutes plus tard, c'est Manon qui apparut en chantonnant. Quand elle aperçut sa mère assise dans le salon, les yeux rivés sur la porte d'entrée, elle comprit qu'un orage s'annonçait. Elle s'assit à côté de Rose-Marie et la prit dans ses bras.

— Comment ça va, ma petite maman ? Je vais rester dormir à la maison, cette semaine, si ça ne vous dérange pas. Ils font des travaux à côté de mon appart' et c'est l'enfer. Et puis Max m'a dit qu'il était en rade de voiture, alors on va essayer de s'organiser tous les deux avec ma petite pépette. Tu as l'air bien songeur, ce soir.

— Un peu, oui. J'attends ton père. Je dois lui parler de deux ou trois choses.

— Des choses importantes ?

— Oui et non. Des choses de la vie.

— Eh ben ! Tu es bien mystérieuse… Je te sens… un peu étrange, ces derniers jours ; comme si quelque chose te tracassait.

— Tu as toujours su lire en moi comme dans un livre ouvert… il ne faut pas t'inquiéter pour moi, Manon ; je crois que je suis en train de mûrir et j'ai besoin de clarifier certaines choses, de savoir où j'en suis exactement. Tu comprends ce que je veux dire ?

— Plus ou moins. En tous cas, je veux que tu saches que je suis là et que je serai toujours là si tu as besoin. Après tout, tu es ma petite maman préférée que j'adore.

— C'est gentil, ma belle.

— Tu veux que je reste dans les parages au cas où ?

— Ma chérie, tu as certainement des choses plus intéressantes à faire…

— Pas vraiment, en fait. Bon, je vais aller glander dans ma chambre. Si tu as besoin de parler, n'hésite pas.

Manon prit la direction de sa chambre en adressant un petit clin d'œil à sa mère.

Rose-Marie resta à attendre une bonne heure avant d'entendre enfin le moteur de la voiture de Pierre. Celui-ci entra dans la pièce plongée dans l'obscurité et sursauta lorsqu'il aperçut sa femme, immobile, en face de lui. Il alluma l'interrupteur.

— J'ai failli avoir une crise cardiaque. Qu'est-ce qui te prend de rester comme ça dans le noir?

— Je t'attendais.

— Dans le noir?

— Pour ne pas changer. Je navigue dans le noir depuis plusieurs années maintenant.

— Ah, je vois. Donc, tu attends que je rentre du boulot pour chercher les embrouilles. C'est ça?

— En fait, pour tout dire, je t'ai attendu hier soir, mais tu devais encore être occupé au travail avec l'une de tes secrétaires si dévouées…

— Je bosse, moi! Et oui, parfois, j'ai des rendez-vous professionnels assez tard, et j'estime que je n'ai pas de compte à rendre sur ce sujet, mais je vois où tu veux en venir. Alors, change de rengaine. Je n'ai pas le temps d'avoir des histoires de cul.

— Ça ne serait pas la première…

— Le passé, c'est le passé. C'est révolu, cette histoire, et tu le sais. Alors, qu'est-ce que tu cherches au juste?

— Du respect. De l'attention. De l'amour. Je veux juste avoir l'impression d'exister et de compter pour quelqu'un.

— Et alors? Qu'est-ce qui te manque? Tu as un toit sur la tête, trois beaux enfants, un mari qui t'apporte de l'argent. Ça ne te suffit pas?

Tout en parlant, Pierre s'était servi un grand verre de whisky et commençait à le siroter.

— Non, ça ne me suffit pas. Je ne suis pas un meuble dans cette maison. Il se trouve que j'ai des rêves, des envies, des projets, et je me rends compte, à bientôt cinquante ans, que ma vie est un véritable fiasco.

— Et en quoi ça me concerne?

— Merde! fit Rose-Marie, folle de rage. Ça te concerne parce que tu es mon mari! Ça te concerne parce que tu es en grande partie responsable de ce fiasco! Parce que tu n'as jamais su me rendre heureuse! Parce que tu me traites comme la dernière des merdes de ce monde!

— Oh, madame devient vulgaire… allez, crache ta Valda et dis-moi au juste ce qui te rend de mauvaise humeur.

— Ce qui me rend de mauvaise humeur, c'est que les enfants grandissent, ils commencent à faire leur vie, à partir. Qu'est-ce qui va me rester, après ? Un mari absent et volage ? Une maison vide ? Zéro perspective, pas de projet, pas d'avenir ? Rien ?

— Que les enfants grandissent, c'est dans l'ordre naturel des choses. Mais, en attendant, ils sont toujours là et ils ont toujours besoin de nous.

— Tu le diras à Florence. Elle a annulé le dîner de vendredi, et les prochains aussi. Il ne faudra pas longtemps avant que Manon et Max suivent le même exemple. Et puis, après tout, je les comprends, avec ton comportement et nos disputes, n'importe qui voudrait fuir le plus loin possible.

— Florence a trouvé un copain, alors je me doutais qu'elle allait vouloir lâcher un peu le cocon familial, c'est normal. Quant à MON comportement et NOS disputes, il me semble que tu es la première responsable de cette situation. J'étouffe. Pour te dire la vérité, je retarde au maximum l'heure de rentrer à la maison parce que j'en ai marre de voir ta tronche de déterrée. D'entendre tes complaintes à longueur de journée. On croirait que je suis le seul responsable de tout ça, eh bien non! Non, tu ne vas pas me mettre tout ça sur le dos! Tu n'as jamais eu aucune ambition, j'ai toujours tout pris en main, tout porté sur mes épaules et toi, là, maintenant, tu oses te plaindre?

— Oui, j'ose me plaindre! J'ai tout sacrifié pour toi. Mes plus belles années, ma carrière, mon amour-propre. Alors oui, j'ose me plaindre! Oui, je suis frustrée!

— Et donc, tu veux quoi? Tu veux divorcer, c'est ça?

— C'est tout ce que tu as à proposer?

— C'est tout ce que j'ai à te proposer étant donné l'enfer que tu vis avec moi.

— Tu n'as aucune intention d'essayer d'améliorer les choses entre nous?

— Je ne sais pas quoi faire pour améliorer les choses, comme tu le dis, et en réalité, je ne suis même pas sûr de vouloir de le faire.

— Je m'en doutais, mais je voulais juste en être bien sûre.

Rose-Marie se releva du canapé et se dirigea vers la chambre d'ami sans un mot. Pierre la dévisagea en fronçant les sourcils, porta son verre à sa bouche pour en finir les dernières gouttes avant de se resservir. Pour conclure cette discussion agitée, il lança de loin à l'attention de sa femme :

— Ne t'inquiète pas, ma vieille, j'appelle mon avocat dès demain pour lancer la procédure. Et tu peux toujours courir pour essayer de récupérer la moitié de nos biens. Je vais te mettre sur le carreau, tu peux en être sûre ! Tu vas le regretter !

En d'autres temps, Rose-Marie se serait effondrée sur le lit après une telle dispute. Mais, étrangement, cette fois-là, elle ressentit comme un profond soulagement. Son esprit commença à s'éclaircir et elle entrevit enfin la lumière au bout du tunnel. Un léger sourire éclaira son visage lorsqu'elle finit par s'assoupir.

*

Nick s'était longuement préparé pour cette nouvelle soirée en compagnie de Sarah. Il savait qu'il devait se dévoiler ce soir, enfoncer les portes, pour ainsi dire. Il ne lui restait que quelques heures pour faire que se concrétisent ses espoirs et ses rêves. L'appréhension commençait à monter en lui, mais il ne pouvait plus faire marche arrière. Cela faisait si longtemps qu'il attendait cet instant !

Comme prévu la veille, ils se retrouvèrent au bar de l'hôtel à dix-neuf heures pour partager un verre avant de s'installer pour le dîner. Ce soir, Sarah était plus souriante et plus éclatante que jamais. Ses yeux pétillaient à chaque bon mot de Nick. Elle se montra très attentive et avide d'en savoir plus sur lui et lui réinventa son parcours en quelques phrases bien trouvées avant de lui parler de l'imminence de son changement de vie.

Étrangement, Sarah ne releva pas et aborda un autre sujet. Nick regretta de ne pas avoir pu saisir l'occasion et décida de remettre sa proposition à la toute fin de soirée. Ils parlèrent encore pendant des heures, échangèrent des regards complices ; les joues de Sarah s'étaient enflammées au fur et à mesure que les verres de vin se vidaient. Cela rappela à Nick l'adolescente qu'il avait tant aimée à l'époque. Il était presque minuit quand sa compagne annonça qu'elle devait aller se coucher.

En se levant de table, elle chancela légèrement. Nick lui proposa alors de la raccompagner à sa chambre. Ragaillardi par cette merveilleuse soirée, il décida, sur le trajet, de passer à l'attaque.

— Sarah ?

— Oui, très cher ami…

— Il faut que je te dise quelque chose.

— Oh, comme tu as l'air sérieux, tout à coup !

— Écoute-moi, Sarah. Tu me connais bien depuis tout ce temps. Tu sais que je n'ai jamais vraiment cru au hasard. Je crois plutôt au destin…

— Le destin…

— Je suis maintenant certain que c'est le destin qui nous a réunis ici. Je crois que nous étions destinés l'un à l'autre, mais que nous avons fait une erreur il y a vingt ans et que le destin nous laisse une nouvelle chance.

— Je ne suis pas sûre de bien comprendre ce que tu veux dire, Nick ?

— Je veux dire que… je t'aime encore et que je veux que tu reviennes à mes côtés.

— Mais… mais tu sais que c'est impossible ! Je suis fiancée avec un homme que j'aime beaucoup, j'ai une vie à Marseille, j'ai mis du temps à construire tout ça, j'ai eu des hauts et des bas et j'ai enfin trouvé mon équilibre. Je suis heureuse.

— Attends ! interrompit Nick. Écoute-moi jusqu'au bout : je sais que tu crois être heureuse, mais je peux t'apporter tellement plus ! L'amour, les voyages, la liberté. Depuis que je t'ai retrouvée, j'en suis sûr, nous sommes faits l'un pour l'autre. On a assez attendu, tous les deux. Assez cherché. Je veux te proposer quelque chose, ma belle et douce Sarah, ma petite Juliette française : je veux que tu quittes tout, que tu abandonnes cette vie qui ne te convient pas et que tu partes avec moi. Nous vivrons heureux ensemble jusqu'à la fin des temps. J'ai décidé d'arrêter de travailler, demain est mon dernier jour de boulot. Je dispose d'un peu d'argent de côté – de quoi vivre confortablement pendant un bon bout de temps – et je veux me consacrer complètement et entièrement à la femme que j'aime. À toi. Je veux qu'on se marie, qu'on fonde une famille, je veux me lever tous les matins à tes côtés et me coucher tous les soirs dans le creux de tes bras. Je veux pouvoir sentir le parfum de ta peau à chaque seconde de ma vie. Je veux voir les étincelles dans tes yeux à chaque fois que je te regarde, comme celles que tu as maintenant. Écoute ma proposition, mais s'il te plaît, ne réponds pas tout de suite. Je t'offre le bonheur avec un grand B si tu acceptes de me suivre. J'ai deux billets d'avion pour Cancun ; l'un des deux est à ton nom. Le départ est prévu samedi matin. Viens avec moi pour cette nouvelle vie. On l'a bien mérité, toi et moi. Réfléchis à mon offre. Je te laisse vingt-quatre heures pour décider de reprendre ton destin en main et de vivre un rêve ou pour repartir en laissant filer ce qui sera certainement la dernière chance de ta vie. Si tu choisis de me suivre, il faudra tout abandonner de ce qui était ta vie ici en France, comme je l'ai fait moi-même, à l'époque, en essayant de te retrouver. Mais crois-moi, le sacrifice est bien faible par rapport à ce qui nous attend.

Sarah, les yeux écarquillés, ouvrit la bouche dans l'idée de répondre à cette déclaration plus qu'inattendue, mais Nick posa délicatement son index sur ses lèvres et lui glissa à l'oreille :

— Chut… je viendrai frapper à la porte de ta chambre demain soir à dix-neuf heures, et là, seulement là, tu me donneras ta réponse. *Ce que l'amour peut faire, l'amour ose le tenter*, ma très chère Juliette.

Sur ces derniers mots, Nick abandonna Sarah sur le pas de sa porte et s'en retourna en direction de sa chambre, satisfait de sa prestation et certain, en son for intérieur, de la réponse de sa bien-aimée.

*

Rose-Marie dormait profondément lorsque Pierre déboula, à l'aube, dans la chambre d'ami. Il portait encore son costume de la veille, avait les yeux rougis, les cheveux en bataille et empestait l'alcool à plein nez. Il avait visiblement passé la nuit à boire. Il titubait en s'approchant du lit lorsque Rose-Marie se redressa, surprise. À la main, il tenait un couteau de cuisine.

— Je sais… je sais ce qu'il te manque dans ta petite vie de merde! lança-t-il, le regard plein de haine.

— Qu'est-ce que tu fais?

Rose-Marie sentit son cœur bondir dans sa poitrine. Les yeux fixés sur le couteau qui miroitait à la lueur de la veilleuse éclairant le couloir, elle peinait à retrouver son souffle et ses esprits.

— Qu'est-ce que je fais? Qu'est-ce que tu crois que je fais, au juste?

— Écoute, Pierre, je crois que tu es fatigué. Si tu veux parler, alors d'accord, mais d'abord, pose ce couteau, c'est dangereux.

— Tu as peur que je t'embroche, c'est ça?

— Je ne sais pas…

— Alors, la vie te paraît moins… ennuyeuse comme ça? C'est plus palpitant, maintenant, non?

— Pose le couteau, s'il te plaît.

— Ta gueule, espèce de sale garce! Tu me traites comme un chien depuis si longtemps! Je me casse le cul à travailler pour faire vivre ma famille, pour vous offrir une belle maison, des vacances, j'ai toujours fait passer le bonheur de ma famille avant le mien et après tout ça, tu as le culot de me dire que tu t'emmerdes avec moi?

Pierre continuait d'avancer lentement en direction du lit. Rose-Marie l'imaginait lui enfonçant la lame dans le ventre. Elle ressentait la douleur, elle voyait ses enfants découvrir son cadavre à leur réveil, leur vie à jamais détruite, ses rêves à jamais envolés…

— Non, Pierre. Parlons si tu veux, mais ne fais pas ça, s'il te plaît.

— Je n'ai rien fait, pour le moment… Parler pour dire quoi ? Tu as été claire, hier, sur tes intentions et sur ce que tu penses de moi.

— Tout est ma faute, Pierre, pas la tienne… balbutia Rose-Marie dans l'espoir de calmer son mari.

Elle sentit les larmes couler sur ses joues.

Pierre bondit soudain sur le lit et se retrouva à califourchon au-dessus de sa femme en pleurs ; il faisait danser le couteau autour de son visage, un sourire sarcastique aux lèvres.

— Alors, est-ce que je te fais vibrer, comme ça, ma chérie ? Est-ce que tu as vraiment l'impression de vivre, maintenant que tu sais que tu vas mourir ?

— Pierre, je t'en prie… implora Rose-Marie.

Ce dernier fit glisser la lame le long de la chemise de nuit de Rose-Marie, de la gorge vers l'entrejambe. Puis il fit tournoyer la pointe autour de ses seins, lui entaillant la peau par endroits.

—Où veux-tu que je t'embroche pour commencer ?

— NON! cria Rose-Marie.

Pierre leva soudain le couteau et l'abattit brusquement à quelques centimètres de l'oreille de sa femme, transperçant le matelas.

— Je t'ai ratée, on dirait…

— Arrête, Pierre, j'en peux plus! supplia Rose-Marie.

Pierre resta un instant immobile au-dessus de sa femme, la regardant avec intensité. Et soudain, il lui balança un coup de poing en plein visage. Rose-Marie entendit des craquements tandis qu'une douleur vive lui engourdissait l'ensemble du visage. Déjà, un liquide chaud et poisseux commençait à couler de son nez et de sa bouche. Pierre se releva en fixant toujours sa proie et lui cracha dessus.

— Je ne veux plus jamais te revoir dans cette maison. Tu as la journée pour faire tes valises et pour dégager. Si jamais tu te repointes…

Il attrapa le visage en sang de Rose-Marie et la fixa droit dans les yeux :

— Si jamais tu te repointes, je te raterai pas, la prochaine fois!

Pierre reprit le couteau et sortit de la chambre en lançant un dernier regard sur son œuvre.

Rose-Marie se recroquevilla sur elle-même et resta ainsi pendant de longues minutes, à pleurer, partagée entre la douleur, la peur et le soulagement d'être encore en vie. Quand elle entendit la voiture de Pierre démarrer, une demi-heure plus tard, elle s'engouffra dans la salle de bains. Elle resta cloîtrée plusieurs heures sous la douche, à panser ses plaies – celles qui étaient visibles, tout du moins. Un regard dans son miroir lui renvoya l'image d'une femme brisée. Elle s'assura que ses enfants avaient quitté la maison avant d'oser sortir de son refuge. Elle refusait de croiser le regard de l'un d'entre eux et d'avoir à justifier ces blessures qui couvraient son corps meurtri. Elle ne mit qu'une vingtaine de minutes pour préparer sa valise en veillant à ne prendre que le strict nécessaire : quelques tenues de rechange, ses affaires de toilette, son passeport… Elle scrutait nerveusement la pendule du salon régulièrement. Quand elle fut enfin prête, elle s'installa dans le bureau, sortit son papier à lettre et commença à écrire ce qui lui parut être la confession la plus difficile à faire de toute sa vie.

*

Nick s'était levé très tôt ce matin. Il faisait encore nuit noire lorsqu'il franchit les portes du Centurion. Son programme pour la journée était très simple :

pister sa proie depuis son domicile en étant le plus discret possible et choisir le meilleur moment pour opérer avec l'impératif des horaires fixés par son client.

Cela ne devrait pas être trop compliqué compte tenu de son expérience. Il lui était déjà arrivé de devoir improviser à cause d'événements de dernière minute, mais cette prise de risque était souvent source d'erreurs. Nick se rassura en se disant qu'il s'agissait de son tout dernier contrat et que le surlendemain, il serait dans l'avion en partance pour le Mexique.

Il arriva à l'adresse qui lui avait été communiquée vers six heures du matin. Il se gara en face de la propriété et attendit. Vers sept heures, il vit un homme en costume cravate sortir dans une belle berline. Le type ne ressemblait pas à la photo du permis de conduire qui lui avait été transmise. Il était plus âgé, la cinquantaine bien tassée. L'air fatigué, mal rasé et pas très frais. L'homme qu'il cherchait était beaucoup plus jeune, dix-neuf ans à peine. Ce n'est qu'à huit heures quinze que la porte de la maison s'ouvrit à nouveau, sur une jeune fille, cette fois, à la chevelure bouclée et rousse, et sur la cible, qui lui emboîtait le pas, sac à dos à l'épaule. Nick eut un léger mouvement de recul en le voyant. Il jeta un nouveau coup d'œil sur la photo, puis sur le gars qui marchait en direction d'une voiture garée quelques mètres plus loin. Ce n'était qu'un gosse. Il avait l'air si… jeune. On aurait dit un môme. Les cheveux en bataille, une paire de jeans, des Nike aux pieds, un veston bleu marine sur le dos. L'allure du parfait étudiant bobo. Qui aurait pu se douter que sous ces airs de gosse de bonne famille se cachait un meurtrier d'enfant ?

La jeune fille se mit au volant d'une vieille Coccinelle aux couleurs criardes. Le garçon s'installa côté passager. Nick démarra sa voiture, puis commença sa filature. Deux kilomètres plus loin, la Coccinelle s'arrêta en feux de détresse aux pieds de la station RER ; le gamin en sortit, adressa un mot à son « chauffeur », qui redémarra en pétaradant. Nick gara son véhicule en toute hâte et commença sa filature à pied en suivant le type dans la station. Ils montèrent dans le train de huit heures trente-six en direction de Paris. Nick prit soin de ne pas se faire repérer et s'installa à deux mètres de sa proie. Il chaussa ses lunettes de soleil et fit mine de dormir.

Le gosse sortit à la station Denfert-Rochereau, accéléra le pas en direction de la ligne 4 et sauta *in extremis* dans la rame qui venait d'arriver sur les quais. Nick y grimpa par la porte suivante. Ils descendirent à Montparnasse-Bienvenüe, marchèrent

quelques centaines de mètres en remontant le boulevard Vaugirard, puis le boulevard Pasteur et tour-
nèrent rue du docteur Roux. Le gamin s'engouffra
alors dans un bâtiment au numéro 40 de la rue. Une
enseigne affichait le nom d'une école d'ingénieur.
Nick examina les environs. Il repéra une brasserie
à quelques mètres de là et décida de s'installer en
terrasse en attendant la sortie du môme. La journée
allait certainement être longue. Il attrapa le livre
qu'il avait acheté quelques jours plus tôt et se relança
dans la lecture de l'œuvre.

✳

Pour la première fois depuis très longtemps, Aziz
n'avait pas quitté le petit appartement depuis son
réveil quelques heures plus tôt. Il voulait être là,
auprès des siens, en ce jour spécial. Ses sœurs et sa
mère étaient en cuisine, égrenant les heures qui les
séparaient de la mise en terre de Bilal. Elles préparaient des montagnes de petits fours qu'elles offri-
raient à leurs hôtes à la fin de la cérémonie, mais
le cœur n'y était pas vraiment. D'ordinaire, c'était
l'occasion de débattre, entre rires et chamailleries, sur
la meilleure recette ou le meilleur coup de main pour
façonner les petits pains au blé dur. L'humeur était

joyeuse lors de ces rares instants d'amour filial, mais là, la cuisine était tristement silencieuse. Simplement trois visages cernés par la fatigue et la tristesse.

Lorsque le téléphone sonna, Aziz décrocha.

— Bonjour, petit frère.

— Mehdi ?

— Écoute, j'ai une permission jusqu'à ce soir dix-neuf heures pour venir assister à… – Mehdi prit un peu de temps avant de prononcer la suite de sa phrase tellement cela lui semblait improbable – à l'enterrement de Bilal.

— Je sais. Un flic est venu nous le dire hier.

— J'arrive pas à le croire. La dernière fois que je l'ai vu, le gosse, il devait avoir à peine cinq ans. Et dire que je ne reverrai plus jamais sa bouille ! Putain, c'est vraiment de la merde, cette vie ! Bon, j'appelle pour vous dire que je vais être accompagné par une petite escorte. Deux agents pénitentiaires sont char- gés de me suivre à la trace au cas où j'aurais envie de me faire la malle. Faudrait que tu avertisses maman. Aziz, elle m'en veut encore ?

— Je ne sais pas, Mehdi. Je pense que même si elle t'en veut encore un peu, elle sera contente de te revoir aujourd'hui. C'est important pour elle que tu sois là.

— OK. Bon, je devrais arriver à la maison dans une heure environ. Tu seras là ?

— Bien sûr. À tout à l'heure.

Aziz raccrocha, puis alla informer ses sœurs et sa mère de l'arrivée de Mehdi. Yasmina et Leïla échangèrent un léger sourire, trahissant leur satisfaction de pouvoir enfin revoir leur grand frère autrement que derrière les barreaux d'une prison ne serait-ce que pour quelques heures. Fatima détourna la tête pour ne pas montrer à ses enfants les larmes qui commençaient à perler. Pourquoi fallait-il un tel malheur pour pouvoir réunir les siens ? Qu'avait-elle fait dans sa vie pour mériter que le sort s'acharne sur sa famille ? Elle attrapa un torchon qui traînait sur le plan de travail et s'essuya discrètement le visage.

— Allons, les filles, on a encore du pain sur la manche, il faut continuer de travailler.

Yasmina et Leïla acquiescèrent en chœur, comprenant qu'il ne fallait pas contrarier davantage leur mère.

✳

En relisant le chapitre du balcon, il eut soudain l'envie de faire une surprise à Sarah, avec l'espoir que cela l'aiderait à prendre la bonne décision. Il se rappelait être passé à côté d'un fleuriste en sortant du métro.

Il regarda rapidement sa montre : il était dix heures dix-huit. Il avait approximativement deux heures devant lui avant la pause déjeuner des étudiants. C'était largement suffisant. D'un pas décidé, il remonta le boulevard Pasteur, bifurqua boulevard Vaugirard, passa devant l'hôtel de la gare et retrouva le fleuriste. Il y commanda deux douzaines de roses rouges, à faire livrer impérativement à l'hôtel Centurion en début d'après-midi. Il fallut négocier un peu et sortir un gros billet pour se faire entendre. Après cette rapide course, Nick tourna un moment dans le quartier et commença à entrevoir son mode opératoire.

Il lui restait maintenant un peu moins d'une heure. Il se planta devant l'agence immobilière qui se trouvait sur le trottoir en face de l'entrée de l'école.

*

Il n'était pas tout à fait midi quand Rose-Marie plia soigneusement la longue lettre de trois pages et la glissa dans l'enveloppe. Elle la déposa délicatement sur le lit de Manon. Elle se retourna lentement pour jeter un dernier regard dans la chambre de sa benjamine. Sur les étagères, les vieilles peluches la fixaient tendrement. Quelques affaires traînaient de-ci, de-là, reflétant le caractère désordonné de l'occupante des lieux. Au-dessus du bureau se trouvait un cadre photo où Manon et sa mère posaient fièrement en tenue de randonneuses. Rose-Marie se rappela l'époque à laquelle avait été pris ce cliché : c'était trois ans plus tôt, lors d'un week-end qu'elles s'étaient organisé pour fêter la fin de ses partiels. Elles avaient toujours été très complices, toutes les deux ; bien plus qu'avec son aînée ou Maxime. Peut-être était-ce par pur instinct maternel. Elle voulait combler le manque d'attention de son mari, qui avait toujours traité Manon de façon différente par rapport à ses deux autres enfants. Lui en voulait-il de ne pas avoir été un garçon ? Ressemblait-elle trop à sa mère ? Était-ce parce que c'était la seule qui avait toujours eu le courage de l'affronter ? Était-ce parce qu'elle avait voulu se démarquer de la famille en empruntant des voies différentes, tant pour ses études que pour ses fréquentations ? Peu importait les raisons. Cela avait eu au moins l'avantage de lui permettre de la soustraire à l'autorité paternelle dès qu'elle en avait l'occasion.

Rose-Marie eut un pincement au cœur en quittant la chambre. Elle passa ensuite dans toutes les autres pièces de cette maison qu'elle devait abandonner si précipitamment. Cette maison où elle avait vu naître et grandir ses enfants. Celle qu'elle avait mis tant de soin à décorer, année après année. Elle en connaissait tous les coins et recoins. Elle s'imprégna une ultime fois de ces couleurs, ces odeurs, ces lumières en cette belle journée d'automne. Qui prendrait soin de ce petit univers, dorénavant?

Quand elle fut enfin prête, elle attrapa son sac à main, y fourra son contrat d'assurance vie, son passeport, son agenda; puis elle sortit son téléphone portable, l'examina longuement avant de le déposer finalement sur le meuble de l'entrée. Sa décision était désormais prise. Il est vrai qu'elle y réfléchissait depuis quelques temps déjà, mais les menaces de Pierre avaient précipité les choses. Elle devait le faire. Pour elle, d'abord, pour son intégrité physique et mentale. Pour oublier le cauchemar qu'elle vivait depuis cette nuit où elle avait eu cet accident. Pour partir loin de cet homme qui la maltraitait depuis si longtemps et qui était devenu dangereux. Pour que ses enfants sortent de cette atmosphère malsaine et puissent enfin prendre leur envol. Elle devait partir pour essayer de recommencer à vivre. Elle enfila son imperméable beige, attrapa sa valise, prit ses clés de voiture et referma définitivement la porte sur ce piètre chapitre de sa vie.

Dans les heures qui suivirent, Rose-Marie passa à la banque pour solder tous ses comptes et prit la direction de l'aéroport. Là, elle acheta au prix fort un aller simple sur le prochain vol en direction de Montréal. Elle avait toujours rêvé d'y partir un jour. Elle en avait si souvent parlé à Pierre, mais il n'y avait jamais prêté attention. Elle lui disait qu'elle voulait revoir sa tante, la sœur de sa mère, qui s'était installée là-bas depuis plus de trente ans. C'était sa dernière famille. Pierre n'avait jamais voulu entendre ni comprendre ce besoin vital de remonter à ses origines, de retrouver ceux que l'on a perdus de vue depuis si longtemps. Mais maintenant, personne ne pouvait l'empêcher de faire ce qu'elle voulait faire. Elle pouvait enfin être maître de sa vie et de son destin. Revivre.

*

Comme prévu, Mehdi arriva aux alentours de dix heures avec son escorte. L'accueil ne fut pas vraiment chaleureux, mais sa mère, pour la première fois depuis longtemps, consentit à l'enlacer longuement sans prononcer un mot avant de s'en retourner à ses occupations.

Une mère reste une mère et même si elle en voulait à son fils de les avoir abandonnés et d'avoir gâché sa vie, il restait son enfant, la chair de sa chair. Et en cet instant précis, elle avait besoin de ce rapprochement qui lui manquait depuis tant d'années, de sentir à nouveau son odeur, de se remémorer les jours anciens où sa famille était réunie et heureuse. Cette époque à jamais révolue. Les deux sœurs embrassèrent également leur aîné rapidement avant d'emboîter le pas à leur mère.

Mehdi et Aziz se retrouvèrent bientôt seuls, encadrés par les deux matons.

— Je peux parler seul à seul avec mon frère? demanda brusquement Mehdi.

Pas de réponse.

— On habite au neuvième étage. C'est le jour de l'enterrement de mon petit frère, vous croyez vraiment que je vais chercher à me casser? Si vous voulez, vous n'avez qu'à surveiller la porte.

Les deux hommes échangèrent un regard. Le plus costaud des deux acquiesça d'un léger hochement de tête et lui fit signe de la main pour lui signifier qu'ils lui accordaient cinq minutes, pas une de plus.

Les deux frères se dirigèrent vers la chambre d'Aziz et refermèrent la porte derrière eux.

— Aziz, je suis content de te revoir, mon frère. Comme tu as grandi! Tu es devenu un homme, maintenant.

— Et toi, tu as l'air plutôt en forme, Mehdi.

— Ça peut aller. On s'y fait, tu sais. Bon, on n'a pas beaucoup de temps, alors raconte-moi ce qui s'est passé au juste avec Bilal. Comment c'est arrivé?

— Le gosse a fait le mur, comme on l'a fait nous aussi à son âge. Mais, ça s'est mal passé. Un putain de chauffard l'a renversé et l'a laissé pour mort dans le fossé. Il a été emmené à l'hôpital, mais c'était trop tard. Il n'a jamais repris connaissance.

— Oui, je sais ça. Et on ne sait pas qui est le chauffard en question?

— Les flics, non. Mais j'ai mené ma petite enquête et j'ai identifié le gars. J'ai lancé un contrat sur sa tête, ce n'est plus qu'une question d'heures.

— Je vois. Je pense qu'à ta place, j'aurais fait la même chose. Tu assures tes arrières, j'espère?

— T'inquiète, c'est Gaspard qui s'est chargé de contacter le gars et d'organiser les choses.

— Gaspard... Écoute-moi, Aziz, méfie-toi de Gaspard, c'est un beau salopard, celui-là.

— Je sais, Mehdi.

— Non, tu ne sais pas. C'est à cause de lui que je suis en tôle. C'est lui qui a flingué l'agent de sécurité. Il a gardé tout le pognon du casse et a construit son empire sur mon dos pendant que je pourris entre quatre murs. À lui la belle vie, à moi le lit en béton et les douches collectives. Il m'a promis de me rendre ma part dès que je sortirai du trou, mais j'ai des contacts qui m'ont dit le contraire. Il semblerait que cet enculé prévoie de me faire la peau dès qu'il en aura la possibilité et de tout garder pour lui. Écoute, frangin. Je voudrais savoir si tu as gardé le pistolet que je t'avais confié.

— Bien sûr, Mehdi. Il est toujours à sa place.

— Alors, laisse-le où il est. N'y touche pas. J'en aurai besoin quand je mettrai le nez dehors, dans deux ou trois ans si tout va bien et si je me tiens à carreau. Autre chose…

— J'écoute.

— J'ai entendu dire qu'il t'arrivait d'être « en affaires » avec ce connard.

— Parfois. Quand j'ai besoin d'un peu de pognon, je lui rends quelques services.

— Tu arrêtes ça tout de suite ! Tu as bien compris ? Je ne veux plus que tu aies affaire à ce type. C'est une ordure. Tous les gars qui ont travaillé avec ou pour lui ont mal fini, tu saisis ? Ceux qui s'en sortent bien, je les croise dans la cour de la prison et les autres pourrissent à six pieds sous terre.

— OK. J'ai compris, Mehdi.

— Promets-moi de ne plus jamais approcher ce type ! Je n'ai plus qu'un seul frère, maintenant, et je ne veux pas le perdre ! Maman ne s'en remettrait jamais !

On frappa à la porte avant qu'Aziz n'ait pu répondre. Les cinq minutes étaient écoulées.

De retour dans le salon, ils s'assirent à côté de Yasmina et Leïla et échangèrent des banalités sur leurs proches, la famille, les voisins… en attendant que les heures passent. Même Fatima avait rejoint le groupe et affichait un léger sourire.

Ils partirent ensemble un peu avant quatorze heures vers l'hôpital, où Fatima demanda à ses deux fils de procéder à la toilette rituelle de leur frère, toujours sous le regard des deux matons, qui ne lâchaient pas Mehdi d'une semelle. La mère de famille était contrariée : il n'avait pas été possible de respecter le délai d'inhumation de son bébé selon le rite musulman compte tenu des impératifs de l'enquête. Après la préparation du petit corps, ils suivirent le corbillard jusqu'au cimetière musulman de Bobigny, où était déjà enterré leur père. L'imam prononça la prière des morts à quinze heures précises. Aziz jeta un coup d'œil furtif à sa montre et son cœur s'emballa en songeant à sa vengeance, qui était en train de se réaliser. C'était son dernier cadeau pour Bilal. Et le lendemain, une autre vengeance serait accomplie. Ainsi, l'honneur de sa famille serait rétabli.

*

Nick passa un appel à la réception de l'hôtel afin de savoir si un paquet lui avait été livré, ce que le réceptionniste confirma. Il ne pouvait donc plus faire marche arrière. Il devait honorer ce dernier contrat avant de tourner définitivement la page.

Les premiers étudiants commençaient à sortir par petits groupes. Des jeunes encore boutonneux, pour certains. Ils avaient tous la même allure hautaine bon chic bon genre de gosses de bonne famille. Nick entrevit sa proie au milieu d'un groupe de cinq autres types, ils riaient aux éclats tandis qu'ils remontaient nonchalamment la rue. Le soleil brillait en ce beau jour d'automne. Il enfila ses lunettes de soleil et commença à les filer à distance afin de ne pas se faire remarquer. Ils entrèrent finalement dans un *fast-food*, passèrent leurs commandes rapidement et s'installèrent en terrasse. Nick commanda une simple boîte de *nuggets* et un Coca et s'installa à deux tables du groupe. Il attendait le bon moment, caché derrière ses Ray-Ban.

Vers treize heures quinze, Maxime se leva et se dirigea vers les toilettes situées au fond de la salle, Nick lui emboîta le pas aussitôt. Voilà l'occasion qu'il attendait. Quand il arriva dans les sanitaires, il avisa rapidement les lieux. Personne aux alentours. Il s'approcha de Maxime quand celui-ci eut terminé son affaire et lui glissa à l'oreille :

— Suis-moi sans un mot et tout se passera bien.

— Quoi ? rétorqua Maxime, surpris.

En se retournant, l'étudiant aperçut le canon du revolver que tenait l'homme qui venait de prononcer ces paroles. Il eut un léger geste de recul qui se traduisit par une réaction brutale de son assaillant, qui lui attrapa fermement le bras, le plaqua contre lui et enfonça le canon dans ses côtes. Maxime n'osa plus bouger, il jaugea rapidement la situation et décida qu'il était préférable d'obéir compte tenu du rapport de force que son agresseur venait d'instaurer entre eux. Il serait toujours temps de négocier plus tard.

Nick conduisit Maxime hors des toilettes et bifurqua vers la sortie située à l'arrière du restaurant; il prit un air désinvolte et fit mine de raconter quelque histoire intéressante à son otage pour ne pas attirer l'attention sur eux. Pour tout dire, les autres clients, dont la moyenne d'âge ne devait pas dépasser les vingt ans, étaient bien trop occupés à engouffrer leurs hamburgers dégoulinants et à siroter leurs boissons pour lever la tête sur ce qui se passait autour d'eux.

Arrivés dehors, Nick obligea Maxime à accélérer le pas et lui conseilla de ne pas ouvrir la bouche s'il tenait à sa vie. Ils marchèrent ainsi, d'un pas rapide, à travers la foule, bifurquèrent à plusieurs reprises, empruntant des rues de plus en plus étroites et de plus en plus désertes, au grand désarroi de Maxime, qui osa finalement prendre la parole, contrairement aux consignes de son ravisseur :

— Écoutez, si vous voulez de l'argent, j'ai pas grand-chose sur moi, mais je peux vous donner tout ce que j'ai. Et je peux vous donner mon téléphone aussi, mais ne me faites pas de mal, s'il vous plaît.

— Je t'ai pas dit de te la fermer, petit con ? rétorqua aussitôt Nick en assénant un bon coup de poing dans les côtes du gamin.

Maxime comprit la leçon et accepta de suivre l'homme sans ouvrir la bouche. Ils marchèrent serrés l'un contre l'autre jusqu'au cimetière du Montparnasse. Maxime eut un léger mouvement de recul au moment où ils en franchirent l'entrée. Nick le dévisagea fixement sans un mot. Ils arpentèrent quelques allées transversales qui, à cette heure, étaient vides et calmes. Seul le chant des oiseaux brisait le silence solennel du lieu. Nick s'approcha d'un vieux caveau, en brisa le cadenas et poussa le gosse à l'intérieur. Maxime resta figé de peur, il ne parvenait pas à empêcher ses mains de trembler. Il tenta quand même d'attraper son téléphone, mais la crosse du *revolver* de Nick s'abattit sur sa main et le portable finit en mille morceaux sur le sol de béton.

Maxime, désormais en larmes, saisit sa main endolorie et regarda fixement l'homme :

— Mais qu'est-ce que vous voulez, bordel de merde ?

— Reste calme, je vais te le dire. Et essaie encore une fois de me faire un coup tordu et je te jure que tu vas le regretter.

Nick jeta un coup d'œil à l'extérieur du caveau avant d'en refermer la porte. Il se retourna vers Maxime.

— À nous deux, Maxime.

— Vous connaissez mon nom ? Mais…

— Je connais ton nom, ton adresse, et bien d'autres choses encore.

— Je ne comprends pas…

— Laisse-moi parler. Va t'asseoir dans le coin, là-bas.

Nick regarda sa montre. Il était à peine quatorze heures. Puis il reprit :

— On est un peu en avance, on va pouvoir discuter, tous les deux.

Maxime réfléchissait rapidement à la situation, recroquevillé dans son coin poussiéreux : ce n'était pas un vol à main armée, le type n'avait pas voulu prendre son argent quand il le lui avait proposé un peu plus tôt ; il n'avait manifestement pas affaire à un violeur pédophile, d'abord parce qu'il était un peu vieux pour attirer ce genre de pervers et parce qu'il serait passé à la casserole depuis longtemps si ça avait été le cas ; ça ne pouvait être qu'un kidnapping. L'homme devait savoir que son père avait une bonne situation et qu'il paierait pour le récupérer vivant et en bonne santé. Ça devait forcément être ça. Il y aurait une demande de rançon. Il n'avait qu'à se tenir calme et attendre que le ravisseur prenne contact avec ses parents. Et tout serait réglé. Maxime estima rapidement le montant que son père serait capable de réunir rapidement : entre la maison, les comptes en banque de ses parents, et éventuellement l'aide de certains amis, il se dit qu'il pouvait facilement trouver aux alentours de trois cent mille euros, peut-être même plus. Il espéra que cela suffirait au type qui était en train de le braquer depuis bientôt une heure.

Devant l'air pensif du gamin, Nick lança la discussion :

— Bon, alors, Maxime, quel âge as-tu?

— Dix-neuf ans.

— Dix-neuf ans… c'est bien ce que je pensais. Et tu fais des études d'ingénieur, c'est ça?

— Oui. Monsieur, il faut me laisser partir, sinon je vais être en retard à mes cours cet après-midi… supplia-t-il sans grande conviction.

— Tu as raison, pour être en retard, tu vas l'être… oublie donc tes cours, nous avons d'autres priorités, en ce moment. Et donc, à dix-neuf ans, dis-moi, c'est quoi tes rêves, tes projets, tes envies?

— Quoi? Je sais pas, moi…

— Comment ça, tu ne sais pas? À dix-neuf ans, moi, j'avais des rêves plein la tête, j'étais amoureux et j'avais des centaines de projets. Alors, j'ai dû réviser un peu mes objectifs avec le temps et les aléas de la vie, mais je ne les ai jamais perdus de vue, tu comprends?

Maxime ne sut que répondre.

— Alors? Tes projets?

— Bah, obtenir mon diplôme, trouver un bon boulot, fonder une famille, avoir des enfants… je sais pas trop, en fait…

— Je vois, rien de bien original. Tu veux faire comme papa et maman?

— Mes parents vont finir par s'inquiéter si je leur donne pas des nouvelles.

— Tes parents pensent que tu es sagement assis derrière ton pupitre dans ton amphi, à cette heure-ci, alors arrête de me jouer du violon. Tu vois, ma vie est très loin de l'idée que je m'en faisais à dix-neuf ans, c'est comme ça. On survit. J'ai arrêté mes études très tôt, mon boulot ne me plaît pas et j'attends encore que la femme de ma vie revienne vers moi. C'est triste, non ?

— C'est quoi, votre boulot ? osa Maxime, histoire d'entretenir le lien qui commençait à se créer entre son ravisseur et lui.

— Tu le sauras bien assez tôt... Bon, dis-moi, Maxime, quelle importance accordes-tu à la vie humaine ?

Surpris par cette question, le jeune homme bafouilla un lieu commun sans conviction :

— La vie ? C'est... précieux...

— Précieux ? Si on veut. En tout cas, c'est précieux vis-à-vis de ceux pour qui tu comptes, mais ceux qui ne te connaissent pas, ou, pire, qui te détestent, c'est nettement moins précieux, n'est-ce pas ?

— Peut-être...

— Pas peut-être, c'est sûr. Pour ceux-là, je dirais même que c'est la mort qui devient précieuse. Qu'est-ce que t'en penses ?

— Je ne comprends pas...

— Tu connais un petit Bilal ?

— Bilal ? Non, ça ne me dit rien.

— Non ? Et à ton avis, sa vie est précieuse ou non, sachant que tu ne le connais pas ?

— Je suppose que oui…

— Ah bon ? Tu supposes que oui, mais tu n'en es pas sûr.

— Si. Sa vie est précieuse comme celle de tout le monde.

— Je vais te dire qui est Bilal. C'est un gamin de treize ans, plutôt sympa, qui vit dans un quartier HLM, tu vois, pas tout à fait aussi beau que tes beaux quartiers de petit bourgeois. Le môme n'a jamais rien fait de mal à qui que ce soit, il faisait le bonheur de sa famille et lui aussi avait des rêves de gosse plein la tête. Sauf que lui, il ne verra jamais ses rêves se réaliser à cause d'un chauffard qui l'a laissé crever dans un fossé le week-end dernier. Tu vois où je veux en venir ?

— Non, monsieur. Je ne comprends pas.

— Bien sûr que tu comprends ! Tu comprends très bien, même, puisque c'est toi, le chauffard qui a laissé le gamin se vider de son sang, seul, au fond d'un fossé boueux, dans le froid de la nuit de samedi à dimanche.

— Non! s'exclama vivement Maxime. Non, c'est pas moi, vous faites erreur. J'étais à une soirée, samedi soir, et j'ai pas pris le volant!

— Tu étais peut-être à une soirée un peu arrosée, et c'est pour ça que tu n'as pas voulu t'arrêter pour porter secours au gosse. Tu sais qu'il serait certainement encore en vie si tu avais assumé tes responsabilités?

— Je vous dis que c'est pas moi, j'y suis pour rien! J'ai rien fait! Appelez mon pote, si vous voulez vérifier. J'ai passé la nuit chez lui. Je vous le jure!

Nick regarda Maxime intensément au fond des yeux. Il avait l'habitude de voir ses proies supplier et clamer leur innocence quand venait leur heure, mais il y avait quelque chose en plus dans le regard de ce gosse. Quelque chose de familier, mais il n'arrivait pas à déterminer ce que cela pouvait bien être.

— Quelqu'un a vu ta voiture sur les lieux à l'heure de l'accident et, comme par hasard, tu l'apportes le jour suivant au premier garage venu pour la faire réparer au plus vite... tu nous prends pour des cons ou quoi?

— Ma voiture? Mais c'est pas possible! Elle a pas bougé de la maison! Je l'ai même pas prise pour aller chez mon pote. Et l'accrochage, c'est rien, ma mère a juste tapé contre le mur du garage en manœuvrant.

C'est vrai, ce que je vous dis. Allez vérifier chez moi, y'a encore des traces sur le mur!

— Les meilleurs coupables ont toujours des explications pour tout.

— Mais je ne suis coupable de rien! Je suis innocent!

Nick pencha légèrement la tête de côté, marquant ainsi son incrédulité face à l'argumentaire de son interlocuteur. Ce gosse avait vraiment quelque chose de particulier qui l'intriguait. Cette gestuelle. Ce regard sûr de lui. Son envie de vivre. Sa fraîcheur. Nick ressentit un léger malaise quand il comprit que ce petit lui rappelait le gamin qu'il était au même âge. Plein de convictions et d'espoir en l'avenir. Lui avait vu ses rêves balayés de la main de celle qu'il aimait et Maxime s'apprêtait à connaître le même sort, finalement plus enviable que le sien, de celle d'un inconnu.

Au-delà de cette sensation désagréable, Nick ne s'expliquait pas pourquoi il lui semblait que toutes les fibres de son corps lui imploraient de laisser la vie sauve à ce gosse. Comme si tout son être voulait qu'il n'honore pas ce dernier contrat, celui qui devait le conduire vers une vie meilleure. Était-ce parce qu'il ne s'accordait pas le droit au bonheur? Parce que ce Maxime était certainement la cible la plus jeune qu'il ait jamais eu à descendre, bafouant en partie ses principes moraux – en supposant qu'un tueur à gages soit doté de principes moraux? Ou bien était-ce le regard de ce gamin qui lui transmettait un message codé qu'il ne parvenait pas à déchiffrer? Devant ces étranges doutes et le malaise qui commençaient à s'installer, Nick décida qu'il fallait en finir au plus vite avant de perdre définitivement la maîtrise de la situation.

— Ça va être l'heure, lança Nick.

— L'heure de quoi? demanda Maxime en soutenant son regard.

— Tu me demandais tout à l'heure quel était mon métier? Eh bien, je vais te le dire. Je suis tueur à gages. Ça signifie que des gens me paient pour se débarrasser d'autres personnes. Et tu sais quoi? J'ai un contrat sur ta tête, Maxime… ce sont les proches du petit Bilal qui m'ont engagé pour te tuer. Ils souffrent tellement qu'ils veulent leur vengeance. Tu comprends ça, non?

— Je comprends qu'ils veuillent se venger, mais c'est pas moi, ils se trompent Si vous me tuez, ils ne seront pas vengés. S'il vous plaît, ne me tuez pas, je ne dirai rien à personne, je vous paierai, même, pour vous dédommager et j'aiderai sa famille à retrouver le véritable coupable, mais je vous en prie, ne me tuez pas…

— J'ai un honneur à défendre, Maxime. Un contrat est un contrat et celui-ci a un goût particulier. Tu as la chance d'être mon tout dernier contrat. Tu es la toute dernière personne que je tuerai. Et pour tout dire, que tu sois responsable ou non de la mort de ce môme, c'est pas vraiment mon affaire…

En prononçant ces mots, Nick avait levé son *revolver* au-dessus de la tête du gamin, pétrifié, dans son coin.

— J'ai beaucoup aimé parler avec toi, Maxime. J'aurais même aimé pouvoir te rencontrer en d'autres circonstances. Mais maintenant, l'heure est arrivée. Alors, sois courageux et rendez-vous en enfer…

Le souffle de la détonation émise par le silencieux brisa subitement le bref temps mort qui suivit et fit écho dans l'étroit caveau. La balle se logea en pleine tête. Maxime s'affaissa sur le sol, immobile, les yeux encore ouverts. Nick prit une photo du corps étendu devant lui à l'aide de son téléphone et repartit d'un pas rapide avant qu'un badaud ou qu'un promeneur ne découvre le cadavre au fond du caveau. Il était quatorze heures cinquante-trois. Même sur la photo, les yeux du gamin mort semblaient vouloir révéler une vérité cachée à Nick, mais lui ne semblait pas vouloir s'y attarder. Le mal était fait.

Sitôt éloigné, il envoya la photo au commanditaire, comme le contrat le spécifiait. Puis, comme pour mettre un terme définitif à cette vie avant de démarrer la prochaine, il jeta son téléphone dans la première poubelle qu'il trouva.

*

Après la cérémonie, les proches de la famille Benzami furent invités à partager quelques mets dans le petit appartement familial. Mehdi fut autorisé à rester auprès des siens jusqu'à dix-huit heures avant que ses matons ne le raccompagnent derrière ses barreaux. Les derniers invités partirent un peu avant dix-neuf heures. Les deux sœurs aidèrent leur mère à ranger le salon avant de s'éclipser à leur tour. Aziz embrassa Fatima tendrement en fin de soirée et partit s'isoler dans sa chambre. C'est à ce moment-là qu'il reçut un SMS de Gaspard. Il ouvrit le message. Sur l'écran de son smartphone, une photo s'afficha. Celle d'un type, allongé sur le sol, le visage en sang. Pour seul commentaire, Gaspard avait inscrit : *RDV demain dix heures chez moi.* Aziz ferma son téléphone et s'étendit sur le lit sans pouvoir trouver le sommeil. Tous les évènements de ces derniers jours, la mort de Bilal, le contrat sur son meurtrier, les révélations de

Mehdi, tout se mêlait dans son esprit. Il savait que le lendemain, il ferait le nécessaire pour rétablir une fois pour toutes la justice. Pour sa famille. Pour ses frères. Pour pouvoir survivre à ces épreuves.

3

À cette époque, Rose-Marie était enceinte de Maxime. La naissance était prévue pour la fin du mois. C'était le bébé de la dernière chance pour son couple, qui battait de l'aile depuis quelques années, entre les infidélités de Pierre et la lassitude de Rose-Marie pour cette vie sans saveur. Son mari la délaissait de plus en plus, lui reprochant sans cesse de ne pas lui avoir donné de fils. Bien sûr, Pierre adorait ses filles. Mais après la naissance de Manon, il avait commencé à s'éloigner de sa femme, la laissant gérer seule tout ce qui concernait le foyer. Il consacrait la presque totalité de son temps à son travail et à ses maîtresses. Quand ils se retrouvaient ensemble, les disputes battaient leur plein sur les sujets les plus anodins, au point que l'idée de divorce revenait souvent comme une solution raisonnable pour l'un comme pour l'autre. Rose-Marie avait finalement accepté cette dernière grossesse un peu à contre-cœur. Pour éviter la séparation. Pour ne pas avoir à tout recommencer. Peut-être par facilité. Quand le gynécologue leur avait annoncé, lors de la seconde échographie, qu'il s'agissait d'un petit garçon, tous leurs problèmes s'étaient miraculeusement envolés. Pierre était redevenu subitement un homme aimant et attentionné, aux petits soins pour sa femme et ses deux filles. Ses maîtresses semblaient s'être envolées. Ça avait été une période apaisée où le couple avait repris un nouveau souffle.

Il faisait chaud, ce 4 juin. Un avant-goût d'été flottait dans l'air. Pierre s'était absenté quelques jours pour une formation dans le Sud de la France, du côté de Toulouse. Il appelait tous les soirs pour prendre des nouvelles et en donner. Ce matin-là, au réveil, Rose-Marie avait senti quelques contractions non douloureuses qui avaient disparu rapidement. Elle ne s'en était pas inquiétée et avait préparé ses filles pour l'école. De retour à la maison, vers neuf heures, les contractions avaient repris de plus belle. Elle avait avalé un Spasfon et s'était allongée sur le canapé du salon en se disant qu'à ce stade de la grossesse, c'était tout à fait normal. Un peu de repos et cela passerait. Mais à midi, les contractions n'avaient pas cessé et s'étaient même intensifiées. Rose-Marie avait commencé à s'inquiéter, les larmes lui étaient montées aux yeux, angoissée par la situation. Ce n'était pas ainsi que cela devait se passer. Ils s'étaient organisés pour la fin du mois. Pierre devait être là, il avait même posé quelques jours de congés en prévision de l'arrivée du fils prodige. Mais à ce moment-là, son mari était bloqué à Toulouse et ne devait rentrer que le surlendemain. Elle devait gérer la situation seule, une fois de plus. Et là, elle n'était pas franchement en état de gérer grand-chose. Elle avait essayé d'appeler Pierre et laissé plusieurs messages sur son téléphone, mais il ne répondait pas.

À treize heures, elle avait fini par aller chez sa voisine. C'était une gentille vieille dame qui vivait seule et sortait rarement de chez elle. Elle lui avait rapidement expliqué la situation et avait appelé l'école de ses filles. C'était madame Huguette Lornier qui viendrait exceptionnellement récupérer Florence et Manon à la sortie de la classe. La vieille dame avait accepté de venir garder les petites chez les Archaud le temps que Pierre revienne de son déplacement. La chambre d'amis avait été préparée en urgence.

Vers quatorze heures trente, Rose-Marie avait attrapé sa valise, prête depuis plus de deux semaines, et s'était mise au volant de la voiture familiale malgré les contractions de plus en plus douloureuses. Elle était arrivée à la maternité en moins de quinze minutes après deux arrêts forcés sur le bas-côté de la route, à deux cents mètres de chez elle et trois kilomètres plus loin, le temps de laisser passer les douleurs qui lui coupaient le souffle et l'entravaient dans ses mouvements.

Elle avait été admise dès son arrivée et avait expliqué rapidement ce qui se passait à la sage-femme qui l'avait accueillie. En salle d'examen, on lui avait posé un *monitoring* pour écouter le cœur du bébé et on avait examiné son col. Le travail avait bien commencé. L'accouchement était proche, mais le col n'était pas encore assez dilaté. Compte tenu de la situation, on lui avait proposé de l'hospitaliser. En d'autres circonstances, on l'aurait renvoyée chez elle en attendant que le travail soit plus avancé, mais la sage femme avait préféré ne pas laisser sa patiente reprendre le volant dans cet état. On l'avait conduite dans l'un des derniers lits disponibles. Rose-Marie avait grimacé lorsqu'elle avait vu qu'il s'agissait d'une chambre double et que le deuxième lit était déjà occupé par une jeune fille presque aussi grosse qu'elle. Devoir affronter seule cette épreuve, c'était déjà un calvaire en soi, mais devoir faire face à la douleur en essayant de ne pas trop la montrer à sa voisine de chambre en était une autre.

La jeune fille était allongée sur son lit. Elle était revêtue de cette immonde tunique ouverte dans le dos dont tous les patients sont affublés. Elle n'avait pas eu un regard pour Rose-Marie lorsque les aides-soignantes l'avaient aidée à s'installer. L'une d'elles s'était retournée vers la jeune voisine et lui avait demandé comment elle se sentait. Pour toute réponse, elle avait eu droit à un haussement d'épaules.

— Je vais appeler la sage-femme pour qu'elle vienne vous examiner. Ne vous inquiétez pas, tout va bien se passer. En attendant, vous allez avoir un peu de compagnie, avait-elle expliqué en lançant un petit regard à l'attention de Rose-Marie.

Quand elles s'étaient retrouvées seules dans leur chambre, un silence pesant s'était abattu sur les deux futures mères. Puis Rose-Marie avait entendu un léger bruit. Quand elle avait tourné la tête vers le lit d'à côté, elle avait aperçu la jeune fille en pleurs. Elle avait alors décidé de rompre le silence.

— Bonjour. Je m'appelle Rose-Marie. Et vous ?

La jeune fille avait pris un instant avant de répondre.

— Sarah, avait finalement prononcé la voisine au regard juvénile.

— C'est votre premier enfant, Sarah ?

— Oui.

— Vous avez peur ?

— Oui et non.

— Il n'y a pas de raisons d'avoir peur. C'est un moment stressant mais, croyez-moi, c'est aussi un moment magique.

— Si vous le dites…

— Je suis déjà passée par-là. J'ai deux grandes filles. Il ne faut pas vous angoisser.

— J'angoisse pas vraiment pour ça. C'est plus compliqué.

Rose-Marie n'avait pas osé répliquer de peur d'être trop intrusive. Devant le silence de sa voisine, Sarah avait repris la parole d'elle-même.

— En fait, je ne sais pas encore ce que je vais faire de mon bébé. C'est pas vraiment une grossesse désirée, comme on dit. C'est un accident. Mes parents n'ont pas digéré la nouvelle, ils ont eu honte et m'ont envoyée chez ma tante, qui vit dans la région, pour que je puisse la mener à terme. Ils veulent que je donne mon bébé à l'adoption. Je ne sais pas quoi faire. Je ne suis pas sûre de vouloir le garder. Je ne peux pas l'élever toute seule et en même temps, je n'arrive pas à me résoudre à l'abandonner.

— Et le papa de votre bébé, il en pense quoi, lui ?

— Il n'est pas au courant. Je ne sais pas où le joindre. Il vit à l'étranger. Et puis c'était une histoire qui n'était pas censée durer. Je ne savais même pas que j'étais enceinte avant le cinquième mois. Alors, tout ça me fait peur. Peur de prendre la mauvaise décision, vous comprenez?

— Je vois. Ce n'est pas une situation facile. Écoutez, je pense que vous ne devez pas vous décider trop rapidement. Laissez-vous le temps de réfléchir. Et croyez-moi, dès que vous verrez votre bébé, tout vous paraîtra plus clair et vous arriverez à surmonter tous les obstacles.

— C'est gentil, ce que vous me dites. Et vous, votre mari, il n'est pas là? Il est en train de garder vos filles?

— Non, pas exactement. Il est en déplacement, en ce moment. Du coup, je me retrouve toute seule, comme vous.

— Eh bien, voilà, on n'est plus vraiment seules, maintenant. On va pouvoir se soutenir mutuellement…

— Oui, Sarah, on va se soutenir. Au fait, je ne vous ai pas demandé, c'est une fille ou un garçon?

— Un garçon.

— Moi aussi! Un petit Maxime. Et vous savez quel nom vous allez donner à votre fils?

— Nicolas. J'ai toujours rêvé d'avoir un jour un petit garçon et de pouvoir l'appeler Nicolas. Et puis, ça ressemble au prénom de son papa. Je me dis que comme ça, il y aura une sorte de lien entre eux, même s'ils n'auront jamais l'occasion de se rencontrer…

— C'est joli, comme prénom, Nicolas. Allez, ma belle, courage !

À cet instant, une sage-femme était entrée dans la chambre après avoir très brièvement annoncé son arrivée en frappant un coup à la porte.

— Madame Galantier. Je viens vous examiner pour voir où on en est.

La praticienne avait tiré le rideau de séparation des deux lits. Après avoir terminé, elle s'était éclipsée quelques instants dans le couloir en laissant la porte ouverte et était revenue avec l'une des aides-soignantes. Elle s'était retournée vers Rose-Marie, avait jeté un œil rapide sur le *monitoring* et lui avait dit :

— Eh bien, je vais vous emprunter votre voisine quelques heures. N'hésitez pas à utiliser l'appel malade si vos contractions deviennent très douloureuses et rapprochées.

— Courage, Sarah. On se revoit dans quelques heures avec nos petits bonshommes.

— Merci, Rose-Marie. À tout à l'heure.

Elle s'était enfin retrouvée seule et en avait profité pour essayer de rappeler Pierre. Il était presque dix-sept heures. Celui-ci avait décroché à la première sonnerie.

— Allô? C'est toi, Rose? Écoute, j'ai bien eu tes messages. Alors, tu es où?

— Je suis à la maternité. Le bébé arrive, Pierre. Je vais accoucher aujourd'hui. Est-ce que tu peux venir? J'ai besoin de toi.

— Je vais faire le maximum. Je vais voir si je peux attraper un train rapidement. Si ce n'est pas possible, je loue une voiture et je fais la route cette nuit pour être là demain matin au plus tard. Et les filles? Elles vont bien?

— C'est Huguette qui les garde à la maison. Essaie de l'appeler pour savoir si tout va bien. Je dois te laisser. Mes contractions commencent à être vraiment trop fortes et je ne vais pas pouvoir rester au téléphone plus longtemps. Je t'aime.

— Je t'aime aussi, Rose. J'arrive dès que possible.

En raccrochant, Rose-Marie s'était contorsionnée. Les douleurs montaient en intensité. Elle s'était décidée à appuyer sur le bouton d'appel malade.

✳

Rose-Marie avait été conduite vers dix-huit heures en salle de travail, où elle avait mis au monde un beau petit garçon de trois kilos quarante-cinq minutes plus tard. Après les premiers soins d'usage, on avait installé le bébé au sein pour le traditionnel «peau contre peau», essentiel pour développer le lien mère-enfant. Après plus de deux heures d'attente sur ce lit de travail dans une position assez inconfortable, on avait enfin reconduit Rose-Marie dans sa chambre. Sarah était déjà revenue, elle aussi. Elle dormait paisiblement. À côté de son lit se trouvait un couffin où un bébé était assoupi. Quand le personnel hospitalier avait quitté la chambre après les avoir installés, le nourrisson et elle, Rose-Marie avait attentivement examiné son bébé. Il était parfait. Dix petits doigts, dix petits orteils. Tout y était. Pierre serait aux anges en découvrant sa petite bouille rose. Elle avait longuement regardé le petit ventre se lever et s'abaisser régulièrement à chaque respiration, puis l'avait attrapé et l'avait plaqué délicatement contre son sein. Elle avait commencé à lui fredonner un petit air en le berçant tendrement. Une douce torpeur l'avait envahie et elle avait fini par s'endormir avec son bébé assoupi au creux de ses bras.

Rose-Marie s'était éveillée brusquement, elle n'aurait su dire au bout de combien de temps, mais derrière la fenêtre, la nuit était encore bien noire. C'étaient les pleurs d'un bébé criant famine qui l'avaient sortie de ce léger sommeil réparateur. Ces cris provenaient du berceau près de Sarah, mais la jeune fille dormait encore à poings fermés. D'instinct, Rose-Marie avait baissé les yeux sur son petit, toujours blotti dans ses bras. Il ne bougeait pas. Il était si calme! Soudain, elle avait pris conscience que le petit thorax ne se levait plus et ne s'abaissait plus. Les lèvres du bébé étaient entrouvertes, mais plus aucun souffle n'en sortait. Elles avaient même commencé à prendre une légère teinte bleutée. Paniquée, elle s'était levée précipitamment et avait tenté de le réveiller en le secouant tendrement. La petite tête inerte ballottait de droite à gauche. Pas de cris, pas de pleurs, pas de réaction. Le stress et la panique s'étaient emparés d'elle. Que devait-elle faire? Dans l'autre berceau, les cris avaient redoublé. Sarah n'émergeait pas. Rose-Marie tournait maintenant en rond dans la pièce, cherchant à comprendre ce qui avait bien pu se passer, cherchant comment faire revenir à lui son bébé. Il allait si bien, pourtant, quelques heures plus tôt! Si Pierre découvrait que leur bébé était mort, ils ne s'en remettraient jamais, ni lui ni elle. Leur famille allait exploser. Elle ne pourrait jamais se pardonner d'avoir laissé leur fils mourir sous ses yeux. Il ne le lui pardonnerait jamais! Fallait-il appeler les infirmières? Elles pouvaient peut-être le réanimer? Il n'était peut-être pas trop tard. Mais son instinct maternel lui martelait le contraire : il était mort! Il ne respirait plus! Ce n'était plus qu'un petit corps sans vie qui gisait sur son lit d'hôpital. Non! Ce n'était pas comme ça que cela devait se passer. Et ces cris qui ne cessaient pas! Soudain, une lueur d'espoir avait ravivé Rose-Marie. Elle avait entrevu une solution. Et pourquoi pas? Après tout, cela résoudrait tous les problèmes. Personne ne le saurait jamais. Ce serait son secret. Sa décision était prise : il lui fallait agir au plus vite. Elle s'était dirigée vers l'autre berceau, avait soulevé le bébé plein de vie, retiré les bracelets d'identification des deux nourrissons et les avait remplacés. Puis elle avait échangé les deux petits pyjamas. Enfin, elle avait déposé un dernier baiser sur le front de Maxime et l'avait couché délicatement dans le berceau près de Sarah. Elle s'était remise dans son lit avec le petit criard, avait dénudé son sein droit et placé la bouche du nourrisson face à son téton. Le petit avait attrapé goulûment le sein et commencé à téter vigoureusement. Il s'était apaisé immédiatement. Elle ne sut pas combien de temps avait duré cette opération de la dernière chance, mais quand le calme et le silence étaient revenus dans la petite chambre d'hôpital, elle se dit qu'elle avait pris la bonne décision. Sarah n'était pas prête à accueillir son bébé. Elle voulait l'abandonner. Quant à elle, elle ne pouvait pas rentrer à la maison sans son fils. Elle avait fondé trop d'espoir sur cet enfant. Elle avait décidé de le garder contre elle toute la nuit, refusant de déposer son nouveau bébé dans le petit berceau de peur de le perdre lui aussi. Et puis, ce petit mourait vraiment de faim. Il ne lui lâchait pas le sein. Elle l'avait scruté attentivement, comme une mère le fait. Elle l'avait trouvé parfait avec ses dix doigts et ses dix orteils. Et tellement plein de vie! Elle s'était rendormie rapidement.

Rose-Marie avait été réveillée le lendemain aux aurores lorsque l'équipe du matin était venue faire son tour. La chambre avait été bientôt envahie de membres du personnel soignant, les rideaux de séparation avaient rapidement été tirés sans un mot à son intention. Elle avait entendu Sarah crier, demander des explications, puis des bruits de brancards que l'on sortait et le silence. Quelques dizaines de minutes plus tard, une aide-soignante était entrée dans la chambre et lui avait expliqué qu'il avait fallu transférer Sarah et son bébé en urgence sans donner plus de précisions. Elle avait examiné le petit Maxime, aidé Rose-Marie pour la première toilette, l'avait pesé.

— Oh, mais ça alors ! C'est un petit glouton, celui-là. Il a pris deux cent cinquante grammes depuis hier ! D'ordinaire, les bébés perdent du poids les premiers jours… avait observé l'aide-soignante, un peu étonnée.

— En fait, il est resté au sein toute la nuit.

— S'il continue comme ça, vous sortirez plus vite de la maternité. Le pédiatre passera dans la matinée pour examiner Maxime. Et vous, comment vous sentez-vous ? Si vous êtes fatiguée, on peut garder un peu votre petit bonhomme pour que vous vous reposiez.

— Non, non. Je préfère l'avoir avec moi. J'aurai le temps de me reposer plus tard.

— Par contre, je dois vous dire qu'on déconseille aux mamans de s'endormir avec leur bébé contre elles. Ça peut être dangereux. Il y a déjà eu plein d'accidents comme ça. Il risque de tomber ou vous pouvez l'étouffer sans le vouloir. C'est mieux pour lui et pour vous. Allez, je vous laisse. N'hésitez pas à appeler si vous avez besoin d'aide ou si vous voulez qu'on vous le prenne un peu.

— Merci, mais ça ira. Et, s'il vous plaît, vous pourrez me donner des nouvelles de Sarah et de son bébé quand vous en aurez?

— Je crois que ça ne sera pas possible, désolée. Vous ne faites pas partie de sa famille et nous sommes astreints au secret médical. Ne pensez plus à ça et occupez-vous de votre magnifique petit bout de chou. Il est vraiment beau, ce petit blondinet, avec ses bonnes joues.

Sur ces paroles, la soignante sortit de la chambre, laissant Rose-Marie seule à ravaler sa culpabilité et à se persuader qu'elle avait pris la bonne décision. Nicolas était devenu Maxime, maintenant. Et rien ni personne ne pourrait plus jamais changer ça.

4

Cette journée avait été très éprouvante pour Nick. Il ne se rappelait pas avoir déjà ressenti une telle culpabilité à la fin d'un contrat. Ce que le gamin avait dit pour essayer de justifier son innocence résonnait encore dans sa tête, à tel point qu'un début de migraine commençait à battre sur ses tempes. Et ce regard... mélange de panique, de supplique et d'incrédulité. Nick douta un instant. Ses commanditaires avaient-ils pu se tromper ? L'auraient-ils envoyé descendre un pauvre gamin qui n'avait rien fait ? Jusque-là, il ne s'était jamais attardé sur ce genre de détail, mais quelque chose en lui trahissait son regret d'avoir encore succombé à l'appât du gain et d'avoir accepté cette ultime mission. Il avait tué pour la dernière fois de sa vie. Cette fois, il en était sûr. Pour chasser ces idées qui n'avaient pas leur place en cette soirée qui marquerait sans doute le début de sa nouvelle vie, il décida de s'installer au bar de l'hôtel, comme il le faisait ces derniers jours.

Il voulait guetter l'arrivée de sa promise. Il commanda un whisky et un paracétamol. Il était à peine dix-huit heures.

Il vida plusieurs verres avant de s'apercevoir que la salle du restaurant commençait à se remplir. Sa migraine s'était apaisée. Sarah n'était pas encore là. La pendule de la réception marquait vingt heures. Peut-être que sa formation avait duré un peu plus longtemps ce soir, ou qu'elle avait dû faire une course avant de rentrer à l'hôtel. Il ne l'avait pas vue arriver, mais son siège tournait le dos à la réception. Cette attente ne faisait qu'exacerber son excitation. Il reprit un verre et décida d'attendre encore une demi-heure avant de prendre les devants. Il se rappela à quel point Sarah était timide, avant. Peut-être n'osait-elle pas venir à lui si facilement ? Peut-être l'attendait-elle dans sa chambre pour rendre le moment plus solennel, plus intime, et ne pas se donner en spectacle devant ce parterre d'illustres inconnus ?

Il décida enfin de se rendre à l'étage, frappa à la porte et attendit, retenant son souffle. Il eut soudain l'impression de se retrouver dans les baskets d'un ado de quinze ans, partagé entre le stress de la situation et l'excitation du moment. Il voulait graver à jamais dans sa mémoire le visage de Sarah et ses mots exacts quand elle donnerait sa réponse. Il frappa à nouveau, mais rien ne se passa. Il tendit l'oreille afin de chercher le moindre bruit provenant de la chambre, mais il ne perçut que le silence oppressant du vide. Il entendit à ce moment-là la porte de l'ascenseur s'ouvrir et se retourna vivement dans l'espoir d'en voir sortir Sarah, mais ce ne fut pas le cas. Un type bedonnant, journal à la main, s'en extirpa lourdement et se dirigea d'un pas assuré de l'autre côté du couloir. Il adressa un léger salut de la tête en passant à côté de Nick.

Celui-ci se dit qu'il ne pouvait pas rester ainsi planté devant la porte close au risque d'attirer l'attention des autres clients. Il retourna donc dans sa chambre, déçu et frustré, se demandant où pouvait bien se trouver Sarah à cette heure alors qu'ils avaient un rendez-vous si important.

Il appela la réception et demanda si madame Galantier était déjà rentrée ou si elle avait laissé un message à son attention. Non. Le réceptionniste avait encore les clés et madame Galantier n'avait rien transmis. Rien. Qu'est-ce que cela pouvait bien signifier ?

Les heures passèrent dans la solitude de cette chambre d'hôtel et Nick commençait à ruminer cette attente sans fin. Il guettait les allées et venues dans le couloir, essayant de reconnaître le pas léger et désinvolte de Sarah, en vain. Sous l'effet de l'alcool ingurgité un peu plus tôt, il finit par s'assoupir, épuisé par cette attente qui rendait chaque seconde plus lourde à supporter que chacune de ces vingt dernières années d'espoir. Quand il émergea, minuit était passé. Plus un bruit dans le couloir et toujours pas de nouvelles de Sarah. Il décida de retourner tenter sa chance. Mais cette fois, quand il osa enfin frapper, il entendit un léger mouvement derrière la porte. Celle-ci s'ouvrit enfin, lui redonnant immédiatement le sourire. Il découvrit une Sarah en tenue de nuit, les cheveux légèrement défaits, les yeux emplis de sommeil.

— Nick…

— Sarah, je t'ai attendue toute la soirée. Nous devions nous retrouver ce soir. Nous avons des choses à nous dire.

— Je sais, mais j'ai eu un empêchement et je suis rentrée un peu tard. Écoute, je ne sais pas comment te dire ça, mais…

Nick ne la laissa pas finir sa phrase :

— As-tu reçu mon petit cadeau ?

— Cadeau ? Ah, oui, les fleurs. Oui, je les ai bien eues et je t'en remercie, mais il ne fallait pas…

Elle n'eut pas le temps de poursuivre.

— Quand je les ai vues, j'ai tout de suite pensé à toi. Tu dormais?

— Oui, enfin, je venais juste de m'endormir, j'ai eu une journée plutôt crevante. Écoute, Nick…

— As-tu réfléchi à ma proposition d'hier?

— Il se fait tard, tu ne veux pas qu'on en reparle demain?

— Non! J'ai trop attendu, j'ai besoin de ta réponse.

Sarah jeta un regard rapide dans le couloir avant d'inviter Nick à entrer de peur que leur discussion animée ne dérange leurs voisins de chambre.

Il referma la porte derrière lui. Sarah se dirigea lentement vers le fauteuil et invita son hôte à s'asseoir lui aussi.

— Nick… je ne sais pas comment te le dire, mais… qu'est-ce qui t'a pris de me faire cette demande, hier? Tu sais que j'ai une vie, un fiancé, des projets avec lui. On se recroise par hasard après vingt ans et tu crois que je vais tout balancer comme ça en un claquement de doigts?

— Vingt ans, ce n'est rien quand on s'aime.

— Quand on s'aime? Bon sang, Nick, nous deux, c'était une histoire de jeunesse! J'avoue que je n'ai pas été très sympa à l'époque, je t'ai quitté sans ménagement alors que tu avais fait tout ce trajet pour me retrouver. J'étais une petite conne, c'est tout, et je m'en excuse sincèrement, mais de l'eau a coulé sous les ponts depuis cette époque. On a suivi des chemins différents. Et on ne se connaît plus, maintenant. Tu ne me connais plus. Je ne suis plus la « petite Juliette » effarouchée que tu as connue.

— Ne dis pas ça.

— Mais si, je vais te le dire. Tu ne peux pas me demander de tout abandonner du jour au lendemain alors que je ne sais pas qui tu es devenu et que tu n'en sais pas plus que ça sur mon compte !

— Si, je te connais. Mieux que quiconque. Je sais tout de toi. Je ne t'ai jamais abandonnée, moi.

— Qu'est-ce que tu veux dire au juste ?

— Je veux dire que j'ai toujours été là, mais que tu ne l'as jamais su.

— Quoi ?

— Toutes ces années, j'ai été comme… ton ange gardien, à veiller sur toi, sur ta sécurité, toujours dans l'ombre.

— Je ne comprends pas ce que tu veux dire…

— Ce connard avec qui tu es sortie pendant quelque temps, celui qui te tabassait, à ton avis, qui l'a fait déguerpir du jour au lendemain ? Je ne sais pas ce qui m'a retenu de le massacrer, celui-là.

— Mais…

Sarah resta bouche bée un moment avant de rétorquer.

— Tu veux dire que tu m'as espionnée tout ce temps ?

— Pas espionnée, plutôt protégée. Je ne voulais pas qu'il t'arrive du mal. Je voulais que tu sois heureuse, c'est tout.

— Heureuse ? Et ces retrouvailles, ici ? Elles sont vraiment le fait du hasard ou est-ce encore toi qui as tout organisé ?

— J'ai saisi ma chance. J'ai toujours su qu'on se retrouverait un jour pour ne plus jamais se quitter, et j'ai vu cette opportunité de te reparler, de t'avoir pour moi seul, d'enfin pouvoir te dire combien tu m'as manqué toutes ces années et d'essayer de te reconquérir.

— Je rêve ! Tout ça, c'est du flan, alors ! Ça n'a rien d'un conte de fées, ton histoire, ça ressemble plus à un cauchemar ! Tu es en train de m'expliquer que ça fait des années que tu me traques, et tu crois sincèrement que je vais tomber dans tes bras comme ça ? Mais toi qui dis chercher à faire mon bonheur, tu t'es déjà demandé ce qui me rend heureuse ?

Nick ne sut comment réagir devant l'attitude agressive de Sarah. Il ne l'avait jamais vue aussi énervée qu'en cet instant.

— Eh bien, mon bonheur n'est pas avec un psychopathe ! Oui, je ne mâche pas mes mots, tu es un psychopathe, un dingue, un fou furieux ! Tu attends la réponse à ta question d'hier, eh bien la voilà : non ! C'est non et non et non ! Jamais de la vie je ne te suivrai où que ce soit. Et crois-moi que je n'ai pas hésité une seule seconde pour prendre cette décision. J'ai même tout fait pour essayer de t'éviter ce soir afin de ne pas avoir à justifier que je préfère mille fois ma petite vie de merde dans mon petit appartement avec mon petit fiancé plutôt que de partir avec toi ! Je regrette même de t'avoir connu par le passé. Je préfère oublier ton existence et j'espère que tu en feras de même dès que tu seras sorti de ma chambre !

— Sarah, tu ne sais pas ce que tu dis. J'attends depuis tellement longtemps… et je n'attends qu'une chose, c'est de faire ton bonheur. Je t'aime, ma belle. Toi aussi, tu m'aimes, tu le sais et c'est pour ça que tu as peur, que tu t'emportes et que tu dis toutes ces choses horribles. Tu ne peux pas me rejeter comme ça. J'ai tout sacrifié pour toi. J'ai tout quitté, mon pays, ma famille, j'ai abandonné ma morale pour toi, pour construire notre avenir. Mes mains sont pleines de sang, regarde! ordonna Nick avant de poursuivre. Tu n'imagines pas tout ce que j'ai fait pour toi, pour nous. J'ai trahi tout ce que j'étais, j'ai vendu mon âme au diable. Dis-moi que tu me comprends, que tu m'aimes malgré ce que je suis devenu et que tu n'attendais que moi pour vivre, pour aimer à nouveau. Je te le demande pour la dernière fois : viens avec moi et laisse ton passé derrière toi, viens vivre une vie de rêve auprès de l'homme qui t'aime et t'a toujours aimée. Offre-moi ta confiance et ton avenir pour que nous puissions enfin rattraper tout ce temps perdu.

— Mais c'est pas possible! Tu ne comprends décidément pas! Nick, je te le dis pour la dernière fois : NON. C'est hors de question! Je ne vais jamais sacrifier tout ce que j'ai construit pour toi! Nous sommes des étrangers l'un pour l'autre, désormais, et nous n'avons rien à rattraper. Nous, ça n'a jamais existé et ça n'existera jamais! Et maintenant, je veux que tu sortes immédiatement de ma chambre et de ma vie et je ne veux plus te revoir. Jamais. Demain, je change d'hôtel et je vais au premier commissariat pour déposer une main courante à ton encontre.

En s'emportant ainsi, Sarah s'était levée de son siège et faisait face à Nick. Elle pointa du doigt la porte de sa chambre. L'homme se leva à son tour calmement, le visage figé, les dents serrées. Même dans le pire de ses scénarios, il n'avait pas imaginé que l'histoire se terminerait ainsi. Il avait échoué là où il ne devait pas échouer. Son esprit commença à s'émietter, il n'arrivait plus à organiser ses pensées, l'image de Sarah lui criant dessus et le menaçant s'était imprimée dans son cerveau. Mille souvenirs lui revinrent : les visages de toutes ses victimes, les jours de disette, la solitude de ses innombrables chambres d'hôtel, toutes aussi sordides les unes des autres, ces années à imaginer comment trouver le bonheur, à monter, pièce par pièce, jour après jour, son avenir rêvé. Et le voilà, en cet instant, faisant face à son pire cauchemar : une rupture avant tout commencement. Ce regard noir de colère, ces gestes brusques, ces paroles blessantes, ce n'était pas sa Sarah. Ce n'était pas la jeune fille qu'il avait adorée, adulée secrètement toutes ces années. Pouvait-il s'être trompé à ce point ? Qu'allait-il devenir maintenant que ses projets s'étaient écroulés comme un château de cartes par temps de grosse tempête ? Où était donc passée Sarah, la belle et douce Sarah ? Et qui était cette furie qui se tenait face à lui et qui le menaçait de le dénoncer aux flics ? Qu'est-ce qu'elle avait à s'agiter comme ça, cette salope ? *Faites-la taire ou je lui en colle une* ! Sitôt imaginée, une baffe monumentale tomba sur le visage de Sarah, décontenancée par la soudaineté de cette attaque fulgurante. Devant la force du coup, elle s'écroula au pied du lit, la bouche en sang, quelque peu sonnée. Nick se tint alors au-dessus d'elle et la toisa :

— Tu n'es pas Sarah. Qui es-tu ?

— Putain, Nick. Tu m'as frappée ! Je saigne.

— Qui es-tu ? insista-t-il en lui assénant un violent coup de pied.

Sarah se tordit de douleur et mit du temps à retrouver son souffle. La peur commença à envahir tout son être. Elle regrettait d'avoir ouvert la porte et d'avoir invité son bourreau à entrer. Comment pouvait-elle faire pour s'échapper, maintenant ?

— Nick, essaya-t-elle sur un ton faussement doux et cajolant. Nick, c'est moi, Sarah.

— Tu n'es pas Sarah. Sarah est belle et douce. Sarah est toujours calme, elle ne hurle pas.

Le ton de Nick était monocorde et ses yeux vides de toute étincelle d'humanité.

— Je suis désolée d'avoir crié, tout à l'heure, Nick. C'est parce que je suis fatiguée et que… j'étais stressée à cause de notre discussion.

Sarah pleurait, maintenant, ne réussissant pas à entrevoir d'échappatoire. Nick s'affaissa lourdement sur sa victime à terre. Il lui saisit le visage et le fixa longuement.

— Je ne sais pas comment tu as fait pour avoir le même visage que Sarah, mais j'ai bien failli tomber dans le panneau.

— Mon Dieu, Nick, c'est moi… supplia une nouvelle fois celle-ci.

Il lui maintenait fermement les mains au-dessus de la tête, l'immobilisant ainsi de tout son poids.

Sarah tenta une dernière fois de le raisonner et décida, pour la toute première fois de sa vie, de parler de ce bébé qu'elle n'avait pas eu le temps de voir grandir, dans l'espoir d'attendrir son bourreau.

— Nick, écoute-moi, je dois te dire quelque chose d'important. Quelque chose qui te concerne et qu'il faut que tu saches.

— Rien de ce que tu me diras ne pourra faire revenir ma Sarah.

— Nick! Nous avons eu un bébé!

L'homme s'immobilisa, l'air hagard.

— C'était il y a bien longtemps. Quand je suis rentrée en France, après quelques mois, on a découvert que j'étais enceinte. Mes parents n'ont pas accepté cette grossesse et m'ont envoyée chez une tante pendant plusieurs mois, jusqu'à la naissance du bébé. C'était un petit garçon, Nick. Il était si beau ! Il te ressemblait.

Nick se redressa légèrement. Son regard reprit âme humaine pendant un instant. Mille questions traversaient son cerveau.

— Un enfant ? Un petit garçon ? Comment il s'appelle ? Où est-il ? Pourquoi il n'est pas avec toi ? Pourquoi tu ne me l'as jamais dit ?

— Je l'ai appelé Nicolas.

— Nicolas… Quel âge a-t-il aujourd'hui ?

— Nick, notre bébé est parti.

— Comment ça, il est parti où ?

— Nicolas est mort le lendemain de sa naissance. D'après le pédiatre de la maternité, il s'agissait de la mort subite du nourrisson. On ne pouvait rien y faire.

— Mort ? Notre enfant est mort ? Pourquoi tu me racontes ça ? Tu mens pour mieux me tromper, encore ! Tu espères pouvoir m'attendrir ?

— Non, Nick, je te jure que c'est la vérité. J'ai dû traverser cette épreuve seule, loin de ma famille, loin de toi. C'était tellement dur de reprendre goût à la vie après tout ça ! Maintenant, je suis prête. Je suis prête à refaire ma vie avec toi. Peut-être pourrions-nous avoir un autre bébé, toi et moi ? Qu'est-ce que tu en dis, Nick ?

— J'en dis que je ne veux plus entendre tes mensonges, sale garce! Tu mens pour te débarrasser de moi. Et ce mensonge sera le dernier qui sortira de ta bouche!

Sarah n'eut pas le temps de protester avant de se retrouver bâillonnée. La lueur d'humanité avait complètement disparu du visage de Nick. De grosses gouttes de sueur perlaient sur son front. La raison s'en était allée aussi rapidement qu'elle avait ressurgi quelques instants plus tôt.

— Et maintenant, je vais te montrer ce que je fais à ceux qui essaient de m'entuber, sale pute!

Nick arracha un morceau du drap qui pendait à côté du visage tuméfié de sa victime et le plaqua sur sa bouche. Il approcha son visage et renifla ses cheveux, puis son cou. Il sortit sa langue et lécha langoureusement la joue larmoyante de Sarah. Puis, d'un geste vif, il déchira le haut de son pyjama, dévoilant sa poitrine. Il mordilla tendrement le bout de ses tétons, le gauche, puis le droit, jusqu'à ce qu'ils durcissent sous l'effet de la stimulation. Il se figea quelques secondes, les yeux rivés sur le buste de Sarah, puis planta brusquement ses dents dans la chair du ventre, la mordant jusqu'au sang. Le corps de la femme se cambra sous la douleur. Elle émit un gémissement déchirant.

Puis, il abaissa le pantalon de pyjama de sa victime, laissant entrevoir son duvet doré, et défit sa fermeture Éclair. Son sexe était déjà dur. Elle se débattit en vain. Il la pénétra violemment à plusieurs reprises, encore et encore, s'enfonçant aussi profondément que possible. Quand il se retira, Sarah était en pleurs. Elle peinait à retrouver son souffle à cause du bâillon. Elle priait pour qu'il s'arrête là et qu'il reparte le plus vite possible, mais Nick n'en avait pas fini. Des années de frustration et d'espoir, ça se paye cher. Et cette histoire d'enfant mort n'avait fait qu'attiser sa haine à l'égard de celle qu'il avait idolâtrée toutes ces années.

Il retourna sa victime, amorphe face aux supplices qu'elle avait déjà subis, et sortit son cran d'arrêt. Il commença à lui lacérer le dos en divers endroits. Dans sa folie, il avait entrepris d'y inscrire son propre nom, comme pour s'approprier de façon indélébile sa belle et tendre Juliette. La lame transperçait les chairs de Sarah, qui s'agitait vainement dans une tentative désespérée de lui échapper. Quand Nick eut terminé son œuvre, il la repositionna face à lui pour la regarder intensément et lui souffla à l'oreille.

— Tu vois que tu n'es pas Sarah. Sarah n'aurait pas aimé ce que nous venons de faire, alors que toi, salope, tu as adoré, hein? Faire souffrir ceux qui t'aiment, c'est ce qui t'excite, non?

Pour toute réponse, elle émit un dernier gémissement avant de s'évanouir de douleur et d'épuisement.

Elle se réveilla sous les claques que Nick lui infligeait.

— C'est bientôt fini, Juliette. Le dernier acte arrive. Ça serait dommage que tu le rates…

Il reprit son couteau ensanglanté et le fit danser dans ses mains.

— Comme nos deux héros ne peuvent pas vivre heureux ensemble, ils doivent mourir pour leur Amour. Tu la connais, l'histoire?

Sarah tremblait de tout son corps, elle avait froid, peur et tellement mal! Finalement, elle se dit qu'il valait peut-être mieux qu'il en finisse; c'était mieux ainsi. Elle ne supportait plus tout cela et ne voulait plus sentir le contact de la peau de ce monstre contre la sienne.

Nick enfonça une première fois la lame dans le bas ventre de sa victime, une seconde fois dans sa poitrine à hauteur du cœur, et une troisième fois dans le cou, au niveau de l'aorte. À chaque coup, Sarah se contractait sous le feu du couteau pénétrant ses chairs. Elle fut bientôt envahie d'une douce chaleur intérieure et commença à se sentir étonnamment détendue. Nick susurra alors ces quelques mots à son oreille avant-même qu'elle n'eût rendu son dernier souffle :

— *Ô heureux poignard! voici ton fourreau... Rouille-toi là et laisse-moi mourir!*

Sarah perdit connaissance en quelques secondes et mourut en moins de deux minutes. Nick déposa un baiser sur son front, puis retourna l'arme contre lui.

— *À ma bien-aimée! Je meurs ainsi... sur un baiser!*

D'un geste brusque, il s'entailla profondément la gorge d'une oreille à l'autre. Il s'effondra lourdement à son tour.

Le bruit émanant de la chambre 203 avait dérangé quelques voisins, qui avaient alerté la réception de l'hôtel. Devant l'absence de réponses, le réception-niste usa de son *pass* pour entrer dans la chambre de madame Galantier. Quand il découvrit les deux corps ensanglantés, enlacés l'un contre l'autre, il fut pris de vertiges. Une demi-heure plus tard, la rue grouillait déjà d'ambulances et de voitures de police.

*

Aziz arriva à dix heures précises devant chez Gaspard. Dans son sac à dos, il avait fourré quelques liasses de billets et le flingue de son frère. Il frappa à la porte, quelque peu étonné de l'absence de l'éternel colosse. C'est Gaspard lui-même qui lui ouvrit et l'invita à entrer.

— Bonjour, Gaspard.

— Bonjour, Aziz. Comment vas-tu, mon grand ?

— Ça peut aller.

— Tu as bien reçu mon message ?

Tout en parlant, les deux hommes prirent la direction du bureau.

— C'était donc lui, le type qui a tué mon frère.

— Oui. Encore un gosse, comme tu as pu le voir. Il s'appelait Maxime, il avait dix-neuf ans. Je pense qu'il a dû flipper sa race quand il a eu l'accident, c'est pour ça qu'il a pris la fuite. Mais bon, maintenant, il a dû comprendre son erreur, si tu vois ce que je veux dire…

— Ça ne va pas me ramener mon frère, mais au moins, je dormirai mieux.

— Comme tu le dis. Bon, je n'ai pas pu me libérer pour venir aux obsèques de Bilal, hier, j'espère que tu ne m'en veux pas. Et puis, pour tout dire, je pense qu'il était préférable que vous restiez en famille. J'ai entendu dire que Mehdi avait eu une permission de sortie pour l'enterrement. Comment va-t-il ?

— Il tient le coup, pour le moment.

— Il lui reste combien à tirer ?

— On ne sait pas trop au juste.

— Tu devais être content de le revoir. En dehors du parloir, je veux dire.

— J'aurais préféré le revoir pour une autre raison...

— Oui, bien sûr.

Tout en répondant, Aziz serra les poings et sentit sa mâchoire se crisper. Il changea de sujet pour ne pas attirer l'attention sur son changement d'attitude.

— Au fait, Mélanie n'est pas là ?

— Mélanie... elle a voulu faire du *shopping*, ce matin, du coup, je lui ai collé l'autre con pour l'accompagner. Tu sais, avec les gonzesses, y'a jamais assez de bras pour tenir les paquets et franchement, moi, le *shopping*, c'est pas pour moi.

— Je comprends. Bon, on a des dettes à régler, je crois.

— Ne sois pas si pressé, je sais que t'es un mec réglo. Allez, assieds-toi, je te fais un café. Tu as vraiment une sale mine.

Gaspard se retourna vers sa machine à expresso. Aziz en profita pour plonger délicatement sa main dans le fond de son sac et en sortit le flingue, qu'il déposa sur ses genoux.

— Gaspard ? J'ai une question à te poser.

— J'écoute.

— C'est toi qui as descendu le vigile lors du braquage?

— Quoi?

— Tout le monde le sait. Et depuis que Mehdi est en tôle, tu n'arrêtes pas de me dire qu'il aura le droit à sa part dès qu'il sortira.

— Je te l'ai dit. Et quand je dis quelque chose, c'est pas des paroles en l'air.

— Je sais, Gaspard. Mais j'ai un petit problème.

— Un problème?

— Oui, un problème. Si par hasard Mehdi venait à se faire flinguer avant la fin de sa peine ou à sa sortie de prison, à qui tu donnerais sa part?

— Je ne suis pas sûr de comprendre…

Gaspard déposa les deux tasses fumantes sur le bureau.

— La question est simple. Finalement, ça t'arrangerait s'il crevait avant de venir te réclamer son pognon, non?

— Aziz, je t'aime bien, tu es un bon p'tit gars, mais là, tu commences à pousser le bouchon un peu trop loin. J'ai bien compris ce que tu essaies de me faire dire. Je sais pas qui t'a mis ça en tête, mais ce sont des conneries. J'ai de l'honneur, moi, et je sais reconnaître mes amis. Mehdi est comme un frère. Je lui dois tout ce que j'ai et je le sais bien.

— C'est bien ça. Tu lui dois tout ce que tu as et lui, en attendant, il pourrit en prison sans jamais être sûr de voir la couleur de son pognon. Il a pris pour toi. Et depuis, c'est la merde dans notre famille.

Tout en le regardant fixement dans les yeux, Aziz empoigna son arme et la pointa en direction de Gaspard. Son rythme cardiaque s'accéléra subitement. Il savait que ce geste était sans retour. L'issue de cette confrontation serait forcément fatale pour l'un ou l'autre, ou pour les deux.

— Qu'est-ce que tu fous avec ce flingue? hurla Gaspard.

— Gaspard, quand on y réfléchit, c'est à cause de toi que ma famille vit dans la merde depuis tout ce temps. La vérité, c'est que tu as volé la vie de mon frère, que tu nous manipules depuis tout ce temps et dès que tu en auras la possibilité, tu le flingueras lui et peut-être moi aussi, comme tu le fais avec tous les types qui te gênent.

— Je sais que tu vis des moments difficiles ces derniers jours. T'as plus toute ta tête, alors, baisse ton arme immédiatement et je vais essayer d'oublier ce geste.

— Je crois que t'as pas bien compris, Gaspard. Je suis venu régler des dettes. Mais ce ne sont pas les miennes…

— Qu'est-ce que tu veux, au juste ! Tu veux le pognon de ton frère, c'est ça ? Je te le file, si tu veux, mais après ça, tu dégages. Loin. Très loin. Parce que le dernier gars qui a braqué une arme contre moi a fini dévoré par les asticots.

Aziz aperçut un léger mouvement de la main droite de Gaspard, qui tâtonnait discrètement en direction de l'un des tiroirs de son bureau. Il se redressa et tira un premier coup de feu dans le bras baladeur. Le *caïd* émit un gémissement rauque et recula d'un pas. Quand il releva la tête, son regard trahissait l'incrédulité face à cette situation.

— Connard ! Tu m'as tiré dessus. Tu sais que t'es un homme mort, toi !

Gaspard essaya à nouveau d'attraper son arme, de la main gauche, cette fois. Mais Aziz tira une deuxième fois dans la jambe. L'homme s'écroula en râlant.

— Finalement, c'est pas si compliqué de tuer quelqu'un. Et pour tout te dire, je me sens déjà mieux.

— Arrête tes conneries ! Mes gars vont débarquer et te trouer comme une passoire !

— Mais t'as pas compris, on dirait ! Tu vas mourir, ici et maintenant, et personne ne va te regretter. Je parierais même qu'on organisera une grande fête en mon honneur.

À l'instant où Aziz appuyait pour la troisième fois sur la détente, balançant un dernier projectile en plein thorax, la porte du bureau s'ouvrit brusquement. Mélanie se tenait abasourdie devant l'entrée, pointant un pistolet sur lui, qui baissa immédiatement son arme.

— Mais qu'est-ce que t'as fait, Aziz ? demanda, en pleurs, la jeune femme.

— Mélanie, Gaspard est un sale type, tu le sais. C'est un meurtrier, un *dealer*, un salopard qui a envoyé mon frère en prison et qui est responsable de la mort de mon deuxième frère. Il n'a eu que ce qu'il méritait.

Celui-ci gémissait au sol, peinant à retrouver son souffle après la dernière balle, qui avait perforé son poumon gauche. La moquette commençait à prendre une couleur rouge vif autour de lui.

— Tais-toi, Aziz ! Tu n'avais pas le droit de lui tirer dessus. Pas toi. Pas maintenant.

Mélanie avait les mains qui tremblaient, si bien que son arme s'agitait nerveusement de droite à gauche.

— Mélanie, pars refaire ta vie loin d'ici. Tu as la chance de pouvoir tout recommencer. Profites-en. Il ne t'emmerdera plus jamais.

— Mais tu piges pas! Je suis enceinte, Aziz! Je porte le bébé de Gaspard! Je sors tout juste de chez mon médecin, qui vient de me le confirmer. Je suis rentrée plus tôt pour lui annoncer la bonne nouvelle. Tu croyais quoi, au juste, sale petit connard de bougnoule? Ma vie me convient comme elle est! C'est ça, ma vie, je n'en veux pas d'autre. Pourquoi tu l'as tué? Pourquoi tu as tiré sur le père de mon bébé?

— Mélanie… Gaspard est le diable en personne! Ton bébé et toi, vous serez plus heureux sans lui.

— Tais-toi! hurla Mélanie en appuyant presque involontairement sur la détente.

Un éclair jaillit du canon avant qu'une terrible douleur saisisse Aziz brutalement au niveau de la gorge. Il réalisa soudain que son heure était arrivée, à lui aussi. Il voulut dire quelque chose, commença à ouvrir la bouche, mais aucun son n'en sortit. Déjà, son esprit s'embrumait. Il eut juste le temps d'apercevoir Mélanie se jeter sur le corps inerte de Gaspard avant de perdre connaissance. Dans les instants qui suivirent, il saisit encore quelques sons étouffés; son esprit flashait à vive allure toutes les images de ces derniers jours, le corps de Bilal déformé après l'accident, étendu dans son lit d'hôpital, Mehdi s'éloignant encadré de ses deux matons, sa mère aux traits tirés après des jours de larmes incessantes, puis son esprit s'arrêta sur la photo de Maxime qu'il avait reçue sur son smartphone, la veille. Son cœur cessa de battre alors que son esprit était encore empli de haine. Il ne pourrait jamais savourer cette vengeance qu'il espérait depuis si longtemps.

Manon découvrit la lettre de sa mère posée sur son lit à l'instant où Rose-Marie passait le portique de sécurité de l'aéroport et qu'elle s'apprêtait à embarquer en direction de sa nouvelle vie.

Manon, ma belle et très chère fille,

Je sais que tu m'en voudras. Que tu ne me pardonneras certainement jamais, mais je n'ai pas le choix. Ma Manon adorée, je pars. Loin d'ici. Je ne sais pas pour combien de temps. Pourquoi ? C'est une question de survie. Je te demande du fond de mon cœur de lire cette lettre et de la détruire juste après. Si tu m'aimes, tu comprendras et respecteras ma demande.

J'ai commis beaucoup d'erreurs dans ma vie, fait de mauvais choix, je n'ai pas été à la hauteur de ce que ta sœur, ton frère et toi méritiez. La première fut certainement d'accorder ma confiance à votre père. La seule chose positive qui en soit sortie, ce sont mes enfants chéris. Le reste n'a été que trahisons, mensonges, menaces. Si je restais, ma vie serait en danger. Je dois partir. Vite. Je n'ai ni le temps ni le courage de vous faire mes adieux. Sachez que cela me transperce le cœur à en mourir.

Un terrible secret qui me ronge jour et nuit depuis quelque temps. Je suis une meurtrière, un assassin. J'ai renversé un enfant avec la voiture de ton frère. Je n'ai même pas eu le courage d'appeler de l'aide. Je ne sais plus vraiment pourquoi. J'ai eu trop peur des conséquences, je pense. Le petit est mort. Je suis une meurtrière d'enfant et cette idée me détruit. Tu ne me pardonneras certainement jamais ma lâcheté, je le mérite bien. Je fuis pour ne pas avoir à affronter vos regards, vos reproches. J'ai besoin de respirer, de me sentir enfin libre, de revivre. Je me sens prisonnière de ma vie depuis si longtemps ! De mes erreurs. Je n'ai jamais été que l'ombre de moi-même. Entravée par mes propres peurs, trop faible pour pouvoir me libérer de cette vie si étouffante dans laquelle je me suis enfermée pour plus de confort et de sécurité.

J'ai un dernier aveu à te faire. Si je suis si faible, si insignifiante, c'est certainement parce que la seule et unique fois où j'ai voulu prendre mon envol et respirer librement, j'avais treize ans. J'avais décidé de fuguer de chez moi après une énième dispute avec mes parents. Tu sais, à cette période de la vie, on est plus guidée par nos hormones que par notre cerveau. Je suis donc partie de chez moi en pleine nuit avec un baluchon pour simple bagage. Je rêvais, à l'époque, de retrouver ma tante chérie, qui s'était installée au Québec depuis plusieurs mois. Que j'étais idiote ! Je n'avais quasiment pas un sou en poche et je ne sais pas par quel miracle je pensais pouvoir traverser l'Atlantique ! Peu importe. Ce qu'il faut savoir, c'est que les choses ont mal tourné pour moi. J'ai fait une mauvaise rencontre dès le deuxième jour. Un sale type qui se faisait passer pour quelqu'un de gentil voulant me venir en aide. Mais ce n'était pas le cas. Il m'a séquestrée pendant trois jours chez lui.

M'a violée à plusieurs reprises. Il m'a même volé mes maigres économies avant de me mettre à la porte le cinquième jour. Je n'ai jamais rien dit à personne de ce terrible épisode de mon adolescence, ni à mes parents, ni à ton père, ni à qui que ce soit. J'avais bien trop honte. Et puis, cela n'aurait servi à rien. Je n'étais pas en mesure de me rappeler où il habitait ni comment il s'appelait. À cette époque pas si lointaine, les victimes de viol étaient rarement écoutées et leurs bourreaux rarement condamnés. Tout ce dont je me souviens, c'est de son prénom : Ali. Il était d'origine maghrébine, je crois. Il devait avoir une trentaine d'années. Et je me rappelle aussi cet énorme grain de beauté qu'il avait sur la tempe droite. Ce signe distinctif hante encore parfois mes nuits. Je fixais mon esprit sur cette immonde protubérance pour me vider la tête pendant qu'il me salissait. Je ne l'ai plus jamais revu et j'avais presque oublié cet épisode de ma vie jusqu'à ces derniers jours. Je crois que j'ai compris que toutes ces années de silence m'ont enfoncée dans ce besoin de sécurité, ce besoin de me forger un cocon de solitude et de m'y enfermer pour ne jamais plus avoir à revivre de telles épreuves. C'est certainement ce qui a dicté toutes mes décisions, aussi mauvaises soient-elles. Je sais que ce n'est pas une excuse pour justifier mes erreurs, mais maintenant, j'ai décidé de me libérer de ce fardeau et de sortir de mon cocon pour recommencer à vivre, à prendre des risques, à oser.

Je vous aime tellement que je ne pourrais pas supporter que vous me haïssiez autant que je me hais moi-même. Manon, mon bébé, tu es certainement la plus forte des trois, c'est pour ça que je te charge de tout expliquer à Flo et à Max avec tes propres mots. Je vous aime de tout mon être et je vous souhaite le meilleur pour votre avenir. Ne faites pas les mêmes erreurs que moi et vivez votre vie comme vous la rêvez. Ne laissez jamais quoi que ce soit ni qui que ce soit s'interposer entre vous et vos rêves.

Adieu, mes amours.

RMA

IMPRESSION : BOOKS ON DEMAND, GMBH
NORDERSTEDT, ALLEMAGNE
DÉPÔT LÉGAL : JUILLET 2019